告白預演系列 4

現在喜歡上你

原案／HoneyWorks

作者／藤谷燈子　插圖／ヤマコ

Kadokawa Fantastic Novels

ents

啊哈哈。

c(ω`c 三 ɔ´ω)ɔ c(ω`c 三 ɔ´ω)ɔ c(ω`c 三 ɔ´ω)ɔ c(ω`c 三 ɔ´ω)ɔ

內頁插圖／ヤマコ

我喜歡你！

Cont

...(>w<;) ...(>w<;) ...(>w<;) ...(>w<;)

introduction ~前奏曲~

視野的一角突然有淺粉色的物體飄落。

獨自一人在中庭默默整理花圃的綾瀨戀雪，停下了拔除雜草的動作而抬起頭。

「哇，好美喔……」

呈現在眼前的，是一片令人不禁發出讚嘆聲的光景。

數不盡的櫻花在寂靜的中庭如雨點般紛落。

一如櫻丘高級中學這個校名，學校附近種植了許多櫻花樹。

今年的櫻花有點晚開，所以到了入學典禮當天，或許枝頭仍會殘留著點點粉紅吧。

（還剩一星期就是新學期了啊……）

會比以往都還要認真看待此事，是因為戀雪即將升上高三。

introduction
～前奏曲～

再怎麼想逃避現實，高中生涯的最後一年仍會無情地開始。

當下最重要的目標，就是招募新社員。

因為，現在的園藝社只剩下戀雪這個唯一的成員了。

多虧學長姊們在畢業前透過「緊急新人招募活動」，卯起全力到處遊說，所以成功引起了一些學弟妹的興趣。

然而，遺憾的是，實際遞交入社申請的人數卻是零。

（像我這種人是下一屆的社長，所以，這樣的結果也很正常吧……）

戀雪撥開長度直逼臉頰的髮絲，露出苦笑。

其實他多少有點自覺。

低到不能再低的社交能力，以及薄弱的存在感。周遭的人恐怕都把這樣的自己當成透明人之類的吧。

而戀雪本人也認為，靜靜待在教室一角感覺更符合自己的形象，同時也能令他安心。

他原本覺得一直這樣下去也無所謂。

但在「她」進駐自己的心之後，狀況徹底改變。

他希望「她」能在人群中找到自己的身影。想和「她」說話。想和「她」變得友好。

想成為「她」最重要的人。

他開始渴望獲得更多、更多。

不過，就讀國中的三年以來，他一直都只是在遠處眺望「她」的身影。

進入高中之後，兩人之間的距離稍微縮短，讓戀雪有種自己終於站上起跑線的感覺。

然而，「她」身邊有著一個名為青梅竹馬的強力騎士。

相較之下，戀雪只是普通的同班同學，只是跟「她」有著相同興趣的一名友人。

（我明白……這樣的自己根本連情敵都算不上……可是……）

儘管已經不只是「處於劣勢」能形容的狀況，但戀雪仍無法放棄「她」。

（如果我可以……對了，如果能像瀨戶口學妹那麼有勇氣就好了。）

一瞬間從腦中閃過的，是戀雪國中時期的學妹瀨戶口雛的身影。

初次相遇時，他被她強悍的態度給徹底震懾住。不過，經過數度的交談，戀雪察覺到

introduction

～前奏曲～

雛擁有無論面對誰，都能坦率表現自身喜怒哀樂的「強韌」。

對總是因為在意周遭的視線，而將想說的話吞回肚裡的戀雪而言，雛是個耀眼不已的存在。

（話說回來……不知道瀨戶口學妹去念哪一所高中了呢？）

從國中畢業之後，戀雪便鮮少和雛見面。

說得更正確一點，其實只是他單方面目擊到對方的身影而已。因為雛的哥哥優也就讀於櫻丘高中，所以戀雪偶爾會在文化祭時和雛擦身而過。

每次，他都想主動開口和她打招呼，卻一直踏不出最後一步。

因為雛的身旁有著優。

一度錯失開口的時機之後，戀雪便再也沒有嘗試過同樣的事情了。

（真沒出息呢，我明明是學長啊……）

總是坦率面對自己心情的雛，想必會過著和戀雪截然不同的高中生活吧。

就像讓人聯想到盛夏豔陽的「她」那樣。

「到了明年的現在，我會在哪裡做些什麼呢……」

一陣春風吹來，讓戀雪的低語消失於空氣之中。

在萬里無雲的晴空之下，他佇立於空無一人的中庭裡，仰望著頭上的櫻花樹。

introduction
～前奏曲～

Natsuki Enomoto

小夏(*^o^*)

我最喜歡的鄰居大姊姊！

榎本夏樹

高三，巨蟹座O型。

跟戀雪學長同班。

・・・(>w<;)　・・・(>w<;)　・・・(>w<;)　・・・(>w<;)

count 1 ~倒數1~

Koyuki Ayase

綾瀨戀雪

高三．處女座A型。

國中時期的學長……

戀雪學長(*^^*)

總覺得有點在意他……

count 1 ～倒數1～

手中的信封變得愈來愈沉重。

明明裡頭只放了一張信紙，但如果鬆開手，感覺整個信封好像會因重力而嵌入地板。

（怎麼辦，我開始緊張了……）

瀨戶口雛腳步踉蹌地將背靠在鞋櫃上，刻意緩緩吸了一口氣。

空無一人的校舍玄關出奇安靜，只有自己的呼吸聲格外清晰。

（怎麼搞的啊，好像剛練完跑步似的……）

從國中時期開始，便一直在練習田徑賽跑的她，不會因為稍微運動就氣喘吁吁。

然而，現在呼吸卻急促到幾乎連心臟都要跟著發疼。

儘管如此，她仍完全不打算從這個地方逃開。

盛夏的那天，身為青梅竹馬的榎本虎太朗對自己說過的那句話，深深刺進了雛的心中。

「這大概是老天爺要我們不能逃避吧。」

雖然很不甘心，但雛自己也確實這麼認為。

她察覺到了自己對那個人的心意。

她無法將這樣的感情當作是會錯意。

倘若只是默默懷抱著這份心意，而沒有將其傳達出去，她覺得自己有天一定會爆炸。

（戀雪學長會不會已經回家了啊……？）

距離最後放學時間只剩不到十分鐘的現在，沒有任何人步下樓梯的感覺。

雛以變得冰冷的右手將瀏海撥弄整齊，同時叨唸著「不要緊、不要緊」來說服自己。

她早在三十分鐘前便來這裡埋伏，卻沒能在放學的人潮中發現戀雪的身影，也不曾看見他從中庭返回此處。

（還是說，今天社團活動休息之類的？）

先到教職員辦公室去一趟，跟擔任顧問的老師確認一下，或許會比較好。

該繼續等下去，還是——

啪噠、啪噠。

這時，一陣像是在回答她的室內鞋的聲響傳來。

聽到這緩緩走下樓梯的腳步聲，雛不禁屏息。

（是誰呢……）

還看不見對方的身影。

坐立不安的雛移動原本靠在鞋櫃上的身子，往前方踏出一步。

那個熟悉的身影跟著出現在視野之中。

「啊！學……」

雛的聲音跟奮力揮起的右手同時凍結在原地。

她發現綾瀨戀雪的眼角有些紅腫。

（真是糟糕透頂的時間點……）

雛緊咬住下唇，將信封藏在自己的身後。

雖然不知道發生了什麼事，但戀雪很明顯哭過。

「瀨戶口學妹……妳怎麼會在這種地方？」

我在等你，學長——

原本想如此回應他的雛將話語嚥了回去。

看到戀雪的臉、聽到他的聲音之後，小小的尖刺陸續扎進她的胸口。

為什麼你要用這樣的表情強顏歡笑？

為什麼你的嗓音聽起來沙啞無比？

想問的問題沒能化作言語，到頭來，自己只能重複跟對方一樣的提問。

「那你呢，戀雪學長……？」

「我失戀了。」

戀雪輕輕搔了搔脖子，帶著苦笑這麼回答。

他的口吻，聽起來彷彿只是在敘述「我剛才跌了一跤」這種程度的事情。

面對戀雪嚴肅的答案和他一派輕鬆的反常態度，雛不禁愣在原地。

（學長應該不會開這種玩笑，可是，他……他真的……？）

半信半疑的她說不出半句話，只能無語地盯著戀雪看。

察覺到雛的視線後，戀雪停下無力搔頸的動作，然後露出淺淺的笑。

像是企圖將各種情感、言語埋藏在這個笑容深處。

「我喜歡你。」

回過神來的時候，嘴巴自作主張地動了起來。

不止雛本人嚇了一跳，被告白的戀雪也瞪大眼睛，茫然地杵在原地。

「呃……」

聽到戀雪充滿困惑的嗓音後，雛下定決心。

為了不讓戀雪誤以為是自己聽錯，她必須讓他了解這是真心的告白。

她抬起頭，雙眼筆直地望向戀雪，道出包含自身所有心意的關鍵發言。

「我喜歡你，學長。」

＊ ＊ ＊ ＊

這天終於到來了。

雛以微微顫抖的手轉緊睫毛膏的蓋子。

期待、不安——在各種感情交雜的狀況下，從今天一大早，她的心跳就劇烈無比。

（不要緊，因為我已經做好諸多準備了……！）

雛以極為認真的眼神注視洗臉台上方的鏡子，繼續進行最後確認。

今天，是讓那個人看見成為高中生的自己的重要日子。

絕不容許失敗。而且，如果不能表現出「自己已和國中時不同了」這點，就沒有任何意義。

幸好，鏡中的自己看起來確實變身了。

塗上睫毛膏的睫毛捲翹飛揚，閃耀著光澤的唇蜜也沒有溢出唇線。

看到練習帶來的理想成果，雛鬆了一口氣。

count 1
～倒數1～

喀。

聽到指針指向整點的聲響，雛停下專心照鏡子的動作而抬起頭。

「哇，已經這麼晚了！怎麼辦，我還沒有整理髮型耶……！」

在鏡子旁邊的大型壁掛時鐘，告知她此刻已是早上七點的事實。

雛明白自己今天會花比以往更久的時間梳洗打扮，所以早在兩小時前便起床準備，但過程還是不如腦中想像的順利。

「……瀏海再長一點的話，看起來會不會比較成熟啊？」

雛和鏡中的自己對看，然後嘟起嘴發出「嗚咕咕」的呻吟聲。

（因為身高沒有增加，所以大概無法變成美豔型的女生了，不過……）

她不希望被認為自己仍和國中時沒什麼兩樣。

絕對不願意讓那個人這麼想。

「比起瀏海，妳的裙子問題比較大喔。」

哥哥優的低沉嗓音從身後傳來。

不知何時打開洗手間大門的他，交叉著一雙長腿站在門邊盯著雛看。

雛鼓起腮幫子，然後用力轉身望向他。

「哥哥！我不是跟你說過好幾次了嗎，要先敲門再進來！」

「我敲過好幾次嘍，是妳完全沒有回應啊。」

已經換上制服的優大剌剌地踏進洗手間。

雖然一瞬間有些生氣，但雛隨即為哥哥的發言瞪大雙眼。

「騙人的吧～我完全沒聽見耶！」

「這代表妳照鏡子照得很專心啊。瀏海長度什麼的，沒人會在意好嗎？」

原本以為優會用鼻子不屑地哼笑一聲，他卻朝雛伸出了食指和中指。

當雛終於發現他的意圖時，自己的眉心已經被狠狠戳了一下。

「好痛……！嗳，哥哥，剛剛那樣真的很痛耶！」

「不痛就沒有意義啦。這是妳在忙碌的早晨占據洗手間的懲罰。」

「嗚……！那是……對不起……」

看到雛坦率道歉的反應，優無奈地嘆了一口氣。

「……妳的領帶歪嘍。之前，妳不是因為不想在開學典禮時手忙腳亂，所以套上制服排練了好幾次嗎？」

雖然嘴上叨唸個不停，優仍伸手替雛調整領帶。

而雛也老實地站在原地讓哥哥替她打理。

「因為國中都是穿水手服嘛。人家沒辦法馬上習慣新制服。」

「噢。」

「……所以啊，你這樣幫了我一個大忙喲。謝謝。」

「噢。」

優的嗓音聽起來很平淡。不過，或許是錯覺吧，他的眼角似乎透露出一絲溫柔。

（哥哥真是不坦率耶～）

忍不住在內心發笑的雛，為了避免自己笑出聲而努力對丹田施力。

「好，這樣就行了吧。」

「噯噯，可愛嗎？我有沒有變可愛？」

雛在原地轉了一圈，綁起後長度及肩的兩撮頭髮跟著不停晃動。

看著在半空中搖曳的百褶裙，雛的臉上也自然而然浮現笑意。

「嗯，絕對很可愛！對吧？」

「妳啊～都自己講出口了，還要別人說什麼……」

「因為哥哥就是嘴硬嘛～」

「不不不，我才沒有。」

「我知道了啦，那就當作是這樣好嘍！」

「啥？」

（啊，他的嘴角抽搐了一下。看來還是適時打住比較好。）

雛一眼看穿優細微的心情變化，馬上和他拉開距離。

隨後，她踩著腳上的拖鞋，啪噠啪噠地衝向洗手間門口。

count 1
～倒數1～

「那學校見嘍！」
「……要小心路上的車子喔。」
「你才是呢。可別因為分神注意小夏而摔倒喲，哥哥。」
「咦！」
聽到雛的回應，優像是整個人石化般愣在原地。或許以前真的發生過這種事吧。
看到哥哥的頸子慢慢變得通紅，雛在內心不解地想著——
（明明就這～麼好懂，他們兩個為什麼不交往呢？）

雛口中的「小夏」，是兄妹倆住在隔壁的兒時玩伴榎本夏樹。
開朗又活潑的她，除了平易近人之外，也懂得拿捏讓對方感到自在的距離。為此，即使是其實容易怕生的雛，也馬上對她卸下了心防。
再加上夏樹和哥哥同年，對雛來說就像個姊姊一樣。
而對於優，夏樹是他的初戀對象，也是一直喜歡至今的人。

（希望他們在高中畢業之前能開花結果就好嘍～）

因為是青梅竹馬。因為彼此的距離太近。

雖然背後有各種理由，但總之，優和夏樹似乎維持著雙向單戀的狀態。

（在我看來，他們絕！對！是兩情相悅啊……）

「啊！沒時間理你了啦，哥哥。我跟華子約好要一起上學呢……！」

「是妳自己賴在家不出門吧？好啦，快走、快走。」

「我知道啦～！」

吐出舌頭扮鬼臉之後，雛這才離開了洗手間。

背後傳來「真受不了」的喃喃和嘆息聲，但她選擇當作沒聽到。

（畢竟我從今天開始就是高中生了，這點小事就不跟他計較嘍！）

得意洋洋地踏出家門的她，卻在值得紀念的第一步就絆了一下。

「哇咧！」

「『哇咧』？這反應是怎樣啊！」

「你從一大早就很吵耶，虎太朗……」

雛以雙手掩住耳朵，但對方似乎還在吠個不停。

從指縫之間傳入耳裡的，盡是「妳以為是誰害我這麼吵啊」、「又不是我自願跟妳撞個正著」等幼稚發言。

（真不敢相信他跟我同年耶！）

虎太朗是夏樹的弟弟，同時也是雛的青梅竹馬。

繼幼稚園、小學和國中之後，現在他們連高中都念同一所。

（沒想到虎太朗也會考上櫻丘呢……）

其實，雛當初也是以錄取邊緣的分數勉強擠進櫻丘。不過，連國三那年的暑假，都還埋首於足球之中的虎太朗，參加高中入學考的紀念性質應該遠超過實際意義才對。

但虎太朗從未因此放棄。

他央求優指導自己念書。隨著跟雛並肩苦讀的日子一天天過去，他的成績也出現明顯的進步。

就這樣，他成功考上了櫻丘。

（在最後衝刺那段時間，我真的覺得他很了不起就是了……）

但這個跟那個是兩回事。

不知道究竟是對雛有什麼不滿，虎太朗總是動不動就找她麻煩。

國一那陣子是虎太朗這種行為最誇張的時期。不過他最近倒是變得安分一點了。

（小虎以前明明那麼可愛呢～）

在升上小學前，「小虎」——亦即虎太朗是雛的玩伴。

身為哥哥的優，比較常和同年的芹澤春輝、望月蒼太以及夏樹四人玩在一起。無法跟他們一起玩耍而獨自被留下時，雛幾乎都會因此而哭泣。

這種情況下，在一旁安慰她，並溫柔牽起她的手的，就是這個青梅竹馬。

（竟然只顧著自己一個人長高！不過，他笨拙的個性倒是一點都沒變啦……）

發現雛鄙視的視線之後，虎太朗隨即閉上了嘴。

「怎……怎樣啦？」

「……沒有啊。」

雛放下掩著耳朵的雙手，踏出腳步離開現場。

然而，虎太朗也從後頭跟上，遲遲不肯從她的視野裡頭消失。

「喂，你幹嘛跟著我呀？」

「誰跟著妳啦！我也要去車站啊。」

「嘖！」

「竟然還嘖一聲，有夠可怕的喔喔喔……再加上裙子又很短，妳是想塑造出怎樣的形象啊？」

「……有點可愛的女高中生？」

「嗚哇，出現了，感覺很無腦的答案……」

雖然有點不爽，但雛仍然貫徹自己視若無睹的態度。

要是在這裡開口反擊，甚至只是瞪他一眼，都會讓對方更加得意忘形。

不過，虎太朗並沒有善罷甘休。他不斷重複著「讓人退卻耶～」之類的發言，簡直像是只學會一種才藝，就拚命耍寶的猴子。

雛實在被煩得忍無可忍，於是朝他投以冷冰冰的視線。

「哭著跑去求我哥哥，到最後一刻才因為遞補而上榜的備取生，可沒資格說我喔。」

「囉……囉唆！既然考上了，我就是人生贏家啦！」

「根本雞同鴨講……」

感到傻眼的雛加快腳步前進。虎太朗沒有跟上來。

取而代之的是一句自顧自的低喃。

「是說，妳幹嘛這麼幹勁十足啊……」

裙子很短，或是想塑造出什麼形象之類的。

敏銳察覺到離的變化，然後再予以調侃這點，和國中時期一模一樣。

（隨便你說吧，笨阿虎！才不是你想的那樣啦。）

沒錯，自己絕對沒有變得幹勁十足。

她只是希望，那個人能認同升上高中的自己已經是個大人。

「不知道戀雪學長過得好不好……」

「妳還在講他啊。」

儘管只是淡淡吐露出來的自言自語，背後卻隨即傳來回應。

離轉過頭，和帶著一臉傻眼的虎太朗四目相接。

「對方應該不記得妳了吧？」

（又不見得是這樣！）

雛極力壓抑想要吶喊的衝動，刻意別過臉說道：
「隨便你說啊。這跟你又沒關係。」
「……也不是……沒關係啊。」
或許是還想反擊吧，虎太朗蠕動嘴巴說了些什麼。
雖然有點在意，但如果開口問了，最後或許只會演變成惡言相向。

「再見！」
丟下短短的這句話之後，雛再次轉身往前。
因為覺得有點尷尬，她不禁加快腳步。

「……喔！」

儘管沒聽到整句話的內容，但這確實是虎太朗的聲音。
（唉，他很纏人耶……！）
既然虎太朗這麼幼稚，自己或許只能以成熟的方式對應了吧。

雛也不想在開學典禮當天跟他吵架。

「好好好，這次又是什麼事……」

「妳可別以為自己能從足球社王牌球員的面前逃走喔！」

雛心不甘情不願地轉頭，映入眼簾的是虎太朗做出起跑動作，朝這裡衝過來的身影。

為了這個出乎意料的光景感到一片混亂的時候，雛的身體早一步做出了反應。

儘管為了準備考試而休息了一段期間，但她在國中三年透過跨欄運動練習出來的腳力，可不容小覷。

在和虎太朗維持一定距離的狀態下，雛一股勁兒地衝向車站。

「就說妳逃也是白費力氣了嘛……！」

「我是因為看到你追過來才跑的！再說，王牌球員這種稱號，是國中時期的過去式了吧？」

「升……升上高中之後，我就會馬上變成先發球員啦！」

「哦～？算了，反正嘴上說說誰都會啊。」

雙腳和嘴巴都停不下來的雛，就這樣繼續和虎太朗賽跑著。

和國中時期如出一轍的光景。不過，現在她前往的地方，是有那個人在的高中。

（這次，我絕對要成功縮短兩人之間的距離……！）

在宜人的早春晴空之下，雛在內心這麼堅定立誓。

* * * *

開學典禮、新生舊生相見歡、健康檢查、新生座談會。

高中生活的第一個星期，完全是忙到令人接應不暇的狀態。光是學校的制式活動，便足以耗去大半精力了。

開始正式上課後，雛反而有種鬆了一口氣的感覺。

（嶄新的事物令人雀躍，但同時也很累人呢……）

不知是否因為過度緊張，放學直接返家後，雛總是會倒頭昏睡到晚餐時間。

等到上了高中，她原本希望像優或夏樹等人那樣，放學後繞去吃個拉麵再回家。不過，這樣的目標看來暫時不可能達成了。

然而，真要說的話，雛最大的壓力來源是另一件事。

捧著教室日誌前往教職員辦公室的路上，她東張西望地環顧四周。

放學後的走廊人格外的多，可是……沒有、沒有、沒有。

最關鍵的戀雪，到處都不見人影。

（究竟要到什麼時候，我才能見上戀雪學長一面啊！）

雛的手臂不小心用力過度，被她夾在腋下的日誌，發出幾乎要被擠爛的紙張摩擦聲。

就讀國中時，戀雪便已經很擅長讓自己的身影融入於人群之中，而進入高中後，他的技巧似乎更出神入化了。

除了開學典禮時的驚鴻一瞥，別說是上下學的路上了，就連午休或放學時間，她都不曾目睹過戀雪的背影。

（啊，是紅色的室內鞋！）

看到在校舍轉角處露出一截的室內鞋，雛猛地抬起頭來。

穿著紅色室內鞋，就代表對方是高三生。

她聽著因期待而變得劇烈的心跳聲，不禁小跑步趕上前。

然而，遺憾的是，出現在眼前的人物，並非她內心猜想的那個人。

「小夏！噢，另一個是哥哥啊……」

「妳的反應落差也太大了吧。」

優的嘴角微微抽搐著。在他身旁的是露出滿面笑容的夏樹。

「小雛，一天不見嘍！喔，妳今天是值日生？」

「嗯，馬上就輪到我了……」

「啊哈哈！之前虎太朗也說過一樣的話耶～辛苦了。」

「……嗚嗚……小夏～！」

聽到夏樹道出慰勞自己的話，雛不禁撲向她的懷中。

「哇！怎麼了？當值日生很辛苦嗎？」

夏樹伸手輕拍雛的背，有些擔心地詢問。

雖然很想老實說出真正的理由，雛還是努力將話語嚥了下去。

只告訴夏樹也就算了，然而，因為優也在旁邊，讓她覺得有點難以啟齒。「一直見不到戀雪學長，所以我覺得好想哭喔」這種話，她絕對說不出口。

看到雛以曖昧的笑容代替回答，夏樹「好乖、好乖」地安慰她，並摸摸她的頭。

「她就是妳剛才說的小雛嗎？」

突然有個柔和的嗓音傳來。

為了尋找聲音來源，雛探頭望向夏樹身後，發現那裡站著一名黑色長髮及腰的美女學姊，以及一名髮絲如貓毛般蓬鬆柔軟的可愛學姊。這兩人剛才似乎站在優的身後，所以雛並沒有看到她們。

兩名學姊帶著平易近人的笑容望向雛。

「很可愛吧？簡直讓人無法相信她是優的妹妹呢！請妳們多關照她嘍。」

「中間那句話太多餘啦。話說回來，為什麼是妳負責介紹她啊，夏樹……」

儘管語氣聽起來很傻眼，但用手刀和吐嘈伺候夏樹的優，表情看起來卻十分溫柔。

相較之下，夏樹則是發出一陣「嗚咕！」的呻吟，然後迅速垂下頭。

被她擁在懷裡的雛，瞥見夏樹的耳朵緩緩染紅的反應。

（都已經這樣了，他們倆還沒有半點自覺嗎？看在旁人眼裡，簡直是皇帝不急、急死太監的狀況耶～！）

感到有點按捺不住的雛，輕輕從夏樹的臂膀裡頭鑽出來。

她轉身面對從旁看著優和夏樹的你來我往，並因此輕笑出聲的兩名學姊，朝她們一鞠

躬說道：

「我是瀨戶口雛。謝謝大家一直這麼照顧家兄！」

「小雛好有禮貌喔～初次見面，我是早坂燈里。」

「我是合田美櫻，請多指教喲。」

聽到兩人的名字，雛在內心低喃「噢，果然是她們」。

因為「燈里」和「美櫻」這兩個名字，不時會出現在優和夏樹的對話之中。

「原來瀨戶口同學有妹妹呀。感覺有些意外呢……」

聽到燈里不經意輕聲道出的感想，雛略為吃驚。

因為自己經常被人說中「妳有哥哥或姊姊吧」，所以，她以為優一定也會給人「你有弟弟或妹妹吧」的感覺。

（難道哥哥在學校又是不同一個人？）

雛悄悄朝優瞥了一眼，發現他跟夏樹一起露出不解的表情。

「不過，他有種很會照顧人的感覺呢。」

count 1
～倒數 1～

「啊，確實是這樣！」

聽到美櫻的意見，燈里用力點點頭。

（嗯嗯？所以，在學校的哥哥也是一如往常嘍……）

正當雛感到不可思議，夏樹像是頓悟什麼般「啊！」的喊了一聲，並拍了拍掌心。

「優老愛用手指戳別人的額頭，所以，比起妹妹，感覺更像是有弟弟的人呢。不過，他其實意外有戀妹情……」

「夏～樹～？」

話還沒說完，夏樹便已經被優用單手一把掐住腦袋。

夏樹瞬間發出慘叫聲，但優卻遲遲沒有鬆開手。

（哥哥的眼神沒有在笑……！）

好不容易被釋放時，夏樹已呈現雙腳無力的狀態。

從燈里和美櫻苦笑的反應看來，這應該是平時那種你來我往的延續吧。

（不過，事到如今，的確很難想像他們變得恩愛甜蜜呢。）

雛聳聳肩，抬頭盯著優開口：

「與其說是很會照顧人，哥哥感覺比較像是天生勞碌命耶。」

「……因為我的周遭有一堆需要人照顧的小孩子啊。」

說著，優對站在身旁的夏樹投以意味深長的視線。

而夏樹雖然發現他看著自己，卻還是不解地「咦～？」了一聲。

「小雛的個性很獨立啊。就是因為你這樣，才會被說成有戀妹情結啦，優。」

「這麼說的人只有妳好嗎？而且，我口中的『小孩子』也包括榎本姊弟喔。」

「啊？虎太朗就算了，為什麼連我也是啊！」

（啊啊，他們又開始了……）

雛不自覺地窺探起燈里和美櫻的反應，然後發現她們臉上帶著微妙的表情。

「虎太朗？」

「小夏之前好像有提過這個名字？我記得是……」

「啊，虎太朗是小夏的弟弟。」

聽到雛接著美櫻之後的說明，燈里露出豁然開朗的神情。

「對喔，小夏的弟弟也來念櫻丘了嘛。」

「呵呵！感覺會變得很熱鬧呢。」

我覺得應該不是變熱鬧，而是變得很吵才對呢。

雛在心中默默這麼吐嘈，然後轉頭望向還在爭論的哥哥和夏樹。

（這就是所謂的情侶鬥嘴吧？）

想起夏樹推薦的漫畫的橋段，雛無奈地以手扠腰，並開口問道：

「哥哥、小夏，你們不用去社團嗎？」

「「啊！」」

優和夏樹絕妙地異口同聲回應，然後一起在走廊上邁開步伐，像是互相較勁似的迅速前進。

被留在原地的美櫻和燈里，則是在面面相覷之後輕笑出聲。

（哥哥跟小夏真是的……！）

現在的情況，用「臉頰彷彿有火在燒」來形容，或許最為貼切。

內心充滿難為情和愧疚的雛，不禁戰戰兢兢地開口：

「那個……總覺得有點不好意思……」

「不會的，不用在意喲。」

「小夏跟瀨戶口同學就是要這樣才行呢！」

聽到燈里的回應，美櫻也點點頭，帶著看似害羞的表情附和：「就是說呀。」

目睹到兩人這樣的反應，讓雛有些驚訝。

其實，光是聽她們的對話，雛就猜到七、八分了。美櫻和燈里果然也已經察覺到夏樹和優之間的雙向單戀。

（比起普通的青梅竹馬，他們倆感覺確實更親近一點呢。）

「拜拜，小雛！下次再好好聊天吧。」

「啊，好的！一定喲！」

燈里和美櫻朝雛揮手道別，然後慢慢跟上夏樹等人的腳步。

同樣揮著手目送她們離開的時候，雛察覺到某個存在感強烈無比的視線。

（什……什麼？有誰看著這裡嗎……？）

雖然優和夏樹也常沐浴在周遭的目光之下，但這並不會給人不舒服的感覺。

因為不時會聽到「那兩個人又開始啦？感情真好」，或是「他們果然在交往吧」的輕聲討論，所以，那樣的目光想必只是出自單純的好奇心吧。

（可是，現在這種感覺……有點詭異耶……）

雛膽戰心驚地環顧四周，隨即發現了令人意外的視線來源。

對方從她剛才遇到夏樹等人的那個校舍轉角探出頭來。

雛以傻眼的語氣開口輕喚了她的「學長」。

「望太，你為什麼緊黏在牆壁上啊？」

「咦！哇啊啊啊……！妳……妳什麼時候發現我的？」

「目送燈里學姊和美櫻學姊離開之後……」

「真的嗎？太……太好了～」

原本慌慌張張揮舞雙手的蒼太，聽到雛的答案後，表現出放下心中一塊大石的反應。

下一刻，他又開始不時瞄向已經離開這裡的四人組的背影。

（……不對，他注目的對象，一定是燈里學姊或美櫻學姊其中一人吧。）

無須詢問本人，雛便能這樣斷言。

因為蒼太的視線透露出一種獨特的熱度。那不是會對兒時玩伴投注的眼神。

「噯，你為什麼要躲起來呢？出來一起加入對話就好了嘛。」

「嗚！這是因為……背後有著諸多理由……」

蒼太支支吾吾地試著辯解，但最後，他的嘴唇彎成了自嘲的弧度。

一個不像他的低沉嗓音傳入愣在原地的雛的耳中。

「雖然我也知道這樣子不行……」

雛無法開口詢問蒼太這句話是什麼意思。

不過，她感受到對方也跟自己一樣，正在和無法順遂的感情苦戰。

（望太有察覺到自己的心意嗎……？）

雛說不出半句話。隔了半晌，蒼太主動換了個話題。

「對了，妳決定要加入哪個社團了嗎？果然還是田徑社？」

「……啊，嗯。升上高中之後，我也想繼續練跨欄賽跑。」

實際上，雛會選擇報考櫻丘高中，並不光是因為想見戀雪而已。

這幾年來，櫻丘的田徑社不斷祭出亮眼的成績。

更換指導團隊後，社團的練習方式似乎也完全不同了。在那之後，田徑社便屢次在比賽中奪冠。

身為在校生的蒼太也深有同感地表示：「畢竟我們學校的田徑社很強呢。」

「雖然練習大概比較辛苦，但應該有助於打破個人紀錄喔。加油！」

「嗯！我記得你打算跟哥哥他們一起拍電影是嗎，望太？」

「沒錯沒錯，我們是電影研究社的。之後會在文化祭舉辦首映會，妳好好期待吧。」

「文化祭啊……」

櫻丘高中會在每年的十一月中旬舉辦文化祭。

不同於國中文化祭的規模，能看到不少咖啡店或攤販等供應食物的店家。

去年，基於想順便參觀學校，雛前來參加了櫻丘的文化祭。之後，她便不時在腦中想像文化祭時要推出什麼樣的班級活動，並樂此不疲。

不過，這是遠在半年以後的未來的事情。說實話，雛現在還是覺得沒有什麼真實感。

結果，蒼太像是看穿她的想法似的笑著說道：

「妳才剛升上高中，大概會覺得文化祭是很久之後的事情吧？不過，時間意外地很快就會過去喔。而且，高一和高二都很重視文化祭的班級活動，準備也很花時間呢。」

既然已經邁入高三生活的學長都這麼說了，想必錯不了吧。

文化祭會在轉眼之間到來，然後——

「所以，妳要鼓起幹勁來面對每一天的高中生活喔！」

「……你才是呢，望太。」

雛的回應很含糊，但蒼太似乎也明白她的言下之意。

他只是露出困擾的笑容，並低喃了一句：「妳說得沒錯呢。」

（我也得趁早找到戀雪學長，然後主動跟他攀談才行……）

雛將日誌揣在懷裡，和蒼太道別後，跑著離開了原地。

沐浴在春日陽光之下，變得寂靜的走廊彷彿正在閃閃發光。

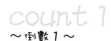

Kako Koganei

華子(^▽^)
在高中變成好朋友☆

小金井華子

同班同學，雙子座AB型。
超級好女孩。其實是雙胞胎～！

亞里紗(^_^;)
同一所國中畢業……

高見澤亞里紗

水瓶座B型。
超喜歡聖奈的迷妹。

Arisa Takamizawa

count 2 ~倒數2~

Sena Narumi

聖奈學姊(^0^)
令人憧憬的模特兒！

☆ 成海聖奈

高三，水瓶座B型。
笑容超級迷人！

count 2 ~倒數2~

黃金週即將到來的時候，雛成功和戀雪重逢了。

開學典禮的那天早上，虎太朗還曾經調侃她「對方應該不記得妳了吧」。不過，戀雪的反應證明這只是無謂的擔憂。

「瀨戶口學妹！好久不見了，妳過得好嗎？」

這天上學途中，戀雪十分湊巧地走在她的後方。

不僅主動打招呼，甚至還好好叫出了自己的姓氏。

感動到雙眼泛淚的雛，最後甚至是邊哭邊回應戀雪。

從這次以後，他們再三錯過彼此的過去彷彿一場夢，戀雪和雛變得不時會巧遇對方。

雖然這是很大的進步，但在這之後，雛便一直處於原地踏步的狀態。

因為她沒能替自己和戀雪建立出什麼共通點，所以，想遇上對方，就只能仰賴巧合。

儘管如此，還是比國中那兩年無法見面的時光來得好太多了。

到了放學後，就能窺見隸屬於園藝社的戀雪辛勤照顧花草的身影，讓雛相當開心。

身為田徑社成員的她也必須參加社團練習，所以沒辦法隨便靠近戀雪或是向他搭話，只能在遠處看著他。不過，有幾個瞬間，她曾感覺到兩人的視線對上了。

輕輕點頭向對方打招呼之後，雛總覺得戀雪也會露出淺淺的笑容回應她。

不可思議的是，每當經過這種短暫的交流，雛的社團練習總會進行得格外順利，甚至還不斷刷新個人紀錄。

這樣的情況持續了一陣子之後，雛的想法也慢慢開始改變了。

她認為，這種距離對自己來說，或許恰到好處。

很靠近，同時也很遙遠的學長和學妹之間的關係。

如果維持一段不會太近、也不會太遠的微妙距離，雛就不至於像兩人初次相遇時那樣，因為一時激動而說出不可愛的發言了。

（可是，這樣好像又有哪裡不夠……）

有時候，心底會不自覺地傳來這樣的聲音。

想跟學長說更多話。想更進一步了解他。

儘管沒有付諸行動的勇氣，內心的渴望卻接二連三地湧現。

這樣的念頭，總會在不時回想起來的當下變得更加強烈。雛試著無視這樣的狀況，而同時，季節也慢慢遷移。

櫻花凋零，新生的嫩葉散發出耀眼的光澤，接著是梅雨季的到來。

然後，太陽從雲層後方探出頭，開始毫不留情地釋放熱度。

夏天近在眼前。

count 2
～倒數2～

＊＊ ＊＊

剛進入七月，夜晚便熱得令人難以入睡。

在盛夏真正到來之前，雛沒有開冷氣的打算。因此，她只是稍微將房間的窗戶打開，仰賴從紗窗外吹進來的晚風。

不過，今晚感覺比較悶，她也從睡夢中醒來了好幾次。

每當再次睡下後，有如播放完畢的電影換片那樣，她會持續作兩到三個夢。

（又是那個夢……）

在眼前延伸出去的，是那片令人懷念的景色。

熟悉此情此景的雛嘆了一口氣，然後低頭望向自己的穿著。

一如她所想，自己身穿的並不是高中制服，而是那套眼熟的水手服。

再往下看，會發現室內鞋的顏色也不一樣。

沒錯，這是國中時期的她。

（這天，因為班會開太久，所以我快要趕不上社團時間了呢。）

雛眨了眨眼，發現自己手上拿著掃把。

當初的感覺也在一瞬間全部湧現，讓她陷入焦躁不安的情緒之中。

要是不趕快結束打掃工作，就會給其他人添麻煩。

因為新進社員必須先到操場集合，然後將起跑器、接力棒和跨欄等田徑用具從體育倉庫搬出來，並架設完畢才行。

（我因為太焦急，所以完全沒注意周遭的情況……）

突然間感覺到背後有人的時候，掃把跟著傳來一股衝擊。

理解到有人猛地撞上掃把的瞬間，一陣慘叫聲響起。

「啊！嗚哇啊啊啊啊……！」

count 2
～倒數2～

伴隨著某個男孩子沒出息的哀嚎聲，垃圾桶翻倒的聲響也一起傳來。

而裡頭的垃圾也理所當然地灑了一地。

目睹這片慘狀，雛記得自己感到眼前一片昏黑。

這樣一來，自己前往社團的時間又會被拖延到了。

真的是有夠浪費時間的情況。

而且，在來不及的時候，偏偏還被捲入其他人笨手笨腳引起的無妄之災裡頭，運氣未免也太差了吧。

怒意愈來愈強烈的雛，隨即氣到失去理智。

在確認對方的身分之前，她便怒吼出聲。

「喂，你搞什麼呀！」

「對……對不起……！」

「我在趕時間耶！麻煩你好好收拾……」

「呃，那個……」

雛還沒說完話的時候，對方便支支吾吾地開口。

她以為這個男孩子還想辯解什麼，於是怒目相視。然而，對方卻只是漲紅著一張臉，眼神也沒有望向雛，而是不停在半空中游移。

看到他這種反應的雛更煩躁了。她再也受不了了。

雛雙手扠腰，俯視著跌坐在地上的男孩子質問：

「幹嘛？你倒是把話說清楚啊！」

「……那個……內褲……」

「啥？內……呀啊啊啊啊！」

發現對方視線所及之處，雛連忙伸手壓住自己的裙襬。

臉頰瞬間感到一陣火辣辣的她，再次惡狠狠地瞪向眼前的男孩子。

結果，對方「嗚！」一聲縮起身子，同時還道出令人難以置信的一句話——是熊貓。

接下來的發展，其實雛已經不太記得了。

回過神來的時候，她已經揮舞著掃把，追打那名拚命逃跑的男孩子。

身為田徑社社員鍛鍊出來的腳程，讓雛隨即追上對方，並將他逼到牆角。

「對不起、對不起對不起……」

「……你看到了吧？」

「我……我沒看到！我沒有看到！熊貓圖案的內褲什麼的……！」

「你果然看到了嘛！」

正當雛打算接著怒罵「真是難以置信」時，隔壁教室的門打開了。

從裡面探出頭來的人是夏樹。看來，他們倆似乎是一路追逐到三年級的教室外頭。

count 2
～倒數2～

「戀雪同學，你怎麼了？咦，連小雛都在？」

「榎本同學！」

「咦？怎麼，妳認識這傢伙嗎，小夏？」

「嗯，因為他是我的同班同學啊。」

夏樹的這句話宛如晴天霹靂。

對方和國三的她是同班同學，也就是說——

「你是國三的？是學長？請……請問是嗎？」

因為太震撼，她不禁脫口說出文法相當詭異的日文。

不過，對方並沒有針對這點多說什麼，只是朝她露出脫力的笑容。

「對……對不起！」

雛用力向對方鞠躬賠不是，印在室內鞋上頭的「戀雪」兩字，也跟著出現在她的視野之中。

確實是紅色的。跟夏樹腳上的室內鞋一樣。

她怎麼會焦躁到連這一點都沒發現呢？

而且，真要說的話，那場意外是自己的粗心大意所導致的吧？

冷靜思考過後，雛發現自己也有不對的地方。

然而，她卻馬上放聲怒吼，還追打對方，說話也沒大沒小的。

雛一邊感受著彷彿被整桶冷水灌頂的寒意，一邊靜待戀雪的回應。

從他目前為止的態度和溫和的氣質看來，戀雪應該不至於對她咆哮才是。

儘管如此，雛還是做好了會被嚴厲訓斥的覺悟。

可是，戀雪非但沒有生氣，甚至還朝雛輕輕低頭賠罪。

向她表示「對不起，妨礙到妳的打掃工作了」。

count 2
～倒數2～

隔天，更令人無法相信的事情等待著雛。

準備前往其他教室上課時，偶然在走廊上再次相遇的戀雪，竟然和她點頭打招呼。

一開始，雛原本以為是自己會錯意了。但這樣的情況不僅連續發生了兩、三次，戀雪甚至還開口向她道出「早安」、「午安」等招呼語。

就算看到雛困惑地僵在原地，戀雪仍會毫不在意地朝她展露笑容。

雖然沒有到相談甚歡的程度，但雛發現自己開始期待和戀雪巧遇。

戀雪的眼中映出了自己的身影。

他願意認同自己的存在、願意向自己搭話。

這真的令雛開心不已。

然而。可是。

每次，雛都像是逃避似的移開自己的視線。

於是，一年在轉眼間過去，戀雪也從國中畢業。

在她完全沒能將最重要的想法傳達出去的情況下。

嗶……嗶嗶嗶……

聽到鬧鐘鈴聲後，雛緩緩抬起眼皮。

淚水跟著從她的臉頰滑落，在因為沾濕而變得冰冷的枕頭上製造出新的水漬。

「……我……為什麼哭出來了呢……」

朝陽的光芒透過窗簾打入房裡。

不是和煦的春日暖陽，而是彷彿被趕著露臉的盛夏烈日。

* * * *

今天的陽光，也是從一大清早就毒辣無比。

持續曝曬在豔陽之下的柏油路面，已經開始散發出熱氣。

count 2
～倒數2～

看到從夏季制服裸露出來的上臂微微泛紅，雛不禁嘆了一口氣。

之後得再補擦一層防曬乳才行，不然上體育課時恐怕會很悽慘。

（嗚嗚，好麻煩喔……今天不用晨練，我原本還以為能輕鬆一點呢～）

因為早上那個糟糕透頂的夢，雛現在已經疲憊不堪了。

一想到之後還要面對數學小考，實在讓人很想就這樣折返回家。

她環顧周遭，發現其他學生也是跟自己半斤八兩的無力模樣。

要死不活地呻吟著「好熱喔」、「好累喔」、「好想吃冰喔」的人，約莫占了九成。

而開心討論著「要參加集訓嗎」、「要不要一起去打工」、「暑假來辦個試膽大會吧」或是「大家一起去海邊如何」等議題的學生，只占了極少數的一部分。

這時，走在前方的女學生發出尖叫聲，雛的目光因此被吸引過去。

「咦……咦咦～！嗳，那個是不是成海同學呀？」

「在哪裡、在哪裡？哇，不得了，是本人耶！」

成海同學。

聽到這個名字的瞬間，雛也望向她們的視線所及之處。

大波浪捲的雙馬尾髮型。

閃耀著動人光澤的這頭金髮長度及腰。

不知是否為了避免曬黑，即使在夏天，對方身上仍穿著長袖的米色開襟毛衣。但因為擁有完美的模特兒身材，所以看在旁人眼中，完全不會感到不快。

從裙子之下探出的雙腿也十分纖細，而且修長得令人驚訝。

「……好厲害喔，模特兒果然就是不一樣……」

發現自己不自覺地出聲感嘆，雛連忙以雙手掩口。

幸好，她的喃喃自語沒被任何人聽見，所以也沒有被周遭的人行注目禮。

應該說，在場的人現在無不將注意力集中在成海聖奈身上。

眾人口中的「成海同學」，亦即成海聖奈，是目前主要活躍於各大雜誌上的超人氣模特兒。

在雛國三那年的秋天，聖奈以一支Haniwa堂的布丁廣告為契機，開始在業界嶄露頭角。曾參與人氣歌手的PV和電影演出，並因此愈來愈活躍的她，在成年人之間也頗有名氣。

令人難以置信的是，她竟然是和雛等人同樣就讀於櫻丘高中的學姊。

（原來如此！因為今天早上能看到聖奈學姊，在這之前才會那麼不走運吧。）

就連同學年的優和夏樹等人，都表示很少有機會看到聖奈本人。

所以，身為高一生的雛能夠目擊到她的身影，可說是幸運至極的事情。

（不過，聖奈學姊到底為什麼會念我們學校呢……？）

櫻丘高中沒有藝能科，所以無法讓聖奈享有太多特殊待遇。

因工作而時常向學校請假的她，聽說必須在事後獨自接受小考和課後輔導，或是寫完數量十分龐大的講義，才能夠填補自己的出席率。

在雛看來，這感覺是弊大於利的狀況。

（是因為現在才轉學太麻煩嗎？）

思考這個問題的同時，她看見聖奈親暱地拍了拍某個男學生的肩頭。

「芹澤，早安～」

「喔～……」

「啊哈哈！你好沒勁喲。昨晚又熬夜了吧？」

「既然知道，說話就小聲一點啊。妳的嗓音足以撼動別人的整顆腦袋耶……」

「哇啊～好像宿醉的人會說的話喔。」

兩人的對話聽起來很熟稔，被搭話的男學生也回應得十分自然。

櫻丘高中裡頭，有著能讓聖奈以這種態度對應的男學生存在。

光是這樣的事實就相當令人震撼了，但在發現那名男學生是春輝之後，雛又再次遭受到衝擊。

（不過，或許也不是不能理解呢。就算春輝站在聖奈學姊身旁，看起來也完全不突兀啊。）

自從開始拍電影之後，春輝便屢次得獎，是個才能極為優異的人物。

他跟優、蒼太三人成立了電影研究社，以此為中心展開活動，還將拍攝完成的作品拿去參加專業比賽，感覺已經完全超越隨便玩玩的程度。

念書和運動同樣難不倒春輝，而且，他的外表看起來也還算帥氣。

（最重要的是，他們都已經習慣受到矚目了嘛。）

儘管沐浴在周遭眾人的目光之下，這兩人仍毫不在意地閒話家常。

這想必就是所謂的「物以類聚」吧。

「對了，能跟你借化學講義嗎？」

「是可以啦，但我已經先答應借給那傢伙了耶。」

「那傢伙？」

「就是翠啊。要抄的話，你們倆一起抄吧。」

「咦……」

翠——雛沒聽過這個人。

雖然有點在意，但偷聽別人的對話實在不太好。

於是，她盡可能自然地邁開大步，打算超越這兩人。

（好，就這樣從旁邊走過去的話……）

「那……那個，我們輪流抄不行嗎？」

就在擦身而過的時候——

聽到聖奈有些困擾的嗓音，雛不禁回頭看。

春輝搔了搔後腦杓，發出「唔～」的呻吟聲。

「輪流抄是比較自在沒錯，但今天的第一堂課就是化學耶。這樣絕對會來不及喔。」

「……嗯，說得也是。」

不同於回應內容，聖奈臉上浮現了看似困惑的表情。

但只有一瞬間。

（咦……咦？聖奈學姊感覺好像很開心……？）

雖然聖奈以按著瀏海的右手遮掩，但仍看得出她的臉頰微微泛紅。

嘴角也略為上揚，連雙眼都跟著散發出光輝。

（嗚哇……嗚哇啊……聖奈學姊好美喔……）

光是從旁觀看聖奈的模樣，就足以讓人心跳加速。於是雛連忙再次望向前方。

她輕輕伸出手，隔著制服襯衫按壓自己的心臟，發現心跳彷彿賽跑完之後那麼劇烈。

（美女的笑容果然破壞力十足呢～）

看到她對自己微笑，卻不會因此感到開心的人，個性一定相當彆扭。

雖然美女也會有美女才有的煩惱，但還是令人無法不憧憬她。

（……換成聖奈學姊的話，想必能夠輕鬆地主動和任何人搭話吧……）

雛佯裝沒發現湧上胸口的那股痛楚，輕輕踢起腳邊的小石子。

（咦，糟糕……！）

小石子飛得比雛想像的更遠，直接朝走在前方的學生腳邊滾去。

當她判斷自己闖禍的瞬間，一個細微的驚叫聲傳入耳裡。

「哇！石……石頭……？」

那是她現在最想聽到，卻也最不想聽到的聲音。

儘管只是短短一句話，但雛絕不會聽錯。

是戀雪的聲音。

（該……該怎麼辦……不對，也只能跟他道歉了不是嗎！）

雛揺了揺試圖逃離現場的雙腿，朝走在前方的戀雪跑過去。

然而，在她打算開口呼喚戀雪的瞬間，後者便發出聽起來很開心的「啊」的一聲。

光是聽到他這樣的反應，雛便能理解下一刻會發生的事情。

她停下腳步，緊抿雙唇，隨著戀雪的視線望去。

「那個，榎本同學……！早……早安。」

「戀雪同學，早啊～」

（……果然是小夏。）

那個熟悉而開朗的嗓音源自夏樹。

在戀雪開口呼喚「榎本同學」之前，雛便大概猜到了。

因為就她所知，會讓戀雪這樣主動攀談的人，只有夏樹而已。

戀雪看著夏樹的眼神，和他望向任何人的眼神都不同。

帶著一股連旁人看了都會感到害臊的「熱度」。

（這就是「眼神更勝言語」吧。）

雛回想起前幾天在課堂上學到的俗諺。

在解說某首和歌時，負責教授古典文學的明智老師引用了這句話。雖然不是第一次聽到，卻讓她留下了格外深刻的印象。

「就算本人沒打算隱瞞，甚至連自己已經墜入情網一事都渾然不覺，對周遭的人來說，事實卻顯而易見——這種情況其實意外多喔。」

看到老師一本正經地這麼表示，整個班級彷彿被他的氣勢壓倒般鴉雀無聲。

不過，沉默並沒有持續太久。男同學們隨即開始了「你喜歡那傢伙吧？」這樣的推理大賽，讓上課內容完全偏移了主題。

（戀雪學長也是如此呢。旁人一看就知道了。）

雛緩緩抬起頭，眺望著戀雪和夏樹開心交談的模樣。

從零星傳入耳中的對話聽來，兩人似乎是在討論跟彼此借閱的漫畫的劇情。

這是她至今已經目睹過好幾次的光景。

煩躁。

面對突如其來的悶悶不樂，雛不禁皺起眉頭。

（討厭，我又來了……）

看著戀雪，有時會讓她忍不住心浮氣躁。

這麼評價比自己年長的人，或許有些失禮，不過，戀雪實在笨拙到令人傻眼的地步。

無論夏樹看著誰，戀雪都不曾將視線從她身上移開。

有時還會因此露出受傷的表情。

最後則是帶著一臉「這也是無可奈何」的表情嘆氣。

這樣的行為不斷重複。

每次目擊到這樣的光景，都讓雛湧現煩躁感。

她真想乾脆告訴戀雪「我在旁邊都快看不下去了！」，但直到今天，雛都勉強按捺住這樣的衝動。

只是一味地等待，怎麼可能讓對方回過頭來看你呢！

希望對方看著你的話，就這麼對她說啊。

不然，你們一輩子都只能維持這樣的關係了。

因為小夏喜歡的人是我哥哥啊。

倘若做出這種感情用事的發言，必定會傷害到戀雪。

要是一個沒弄好，還可能連帶影響夏樹和優之間的關係。

有個冷靜的自己在腦中一角這麼輕聲勸阻著。於是，雛終究還是貫徹了「靜靜旁觀」的立場。

不過，她也差不多要忍耐到極限了。

（……算了，之後的事，之後再思考就行了。好，結束！）

雛用力甩甩頭，強行切換自己的思緒。

她深深吸了一口盛夏的空氣，嚥下湧上心頭的灰暗情緒。

「雛那傢伙在幹嘛啊……」

＊＊◯＊＊

水珠從沾濕的髮梢滴落窗框上的同時，虎太朗不禁低聲自言自語起來。

結束晨練並沖完澡的他，原本正感到神清氣爽，但發現雛的身影，並偷偷從遠處眺望她之後，虎太朗的內心隨即湧現不悅。

他甚至忘記把頭髮擦乾，只是定睛望向走在雛前方的那對男女。

一如虎太朗所想，那果然是夏樹和戀雪。

（夏樹他們沒發現雛嗎……？）

雛在那兩人背後保持了一段距離，也沒有主動開口呼喚他們的樣子。

這樣的話，就算夏樹和戀雪沒能發現她的存在，也是很正常的事情。

儘管腦中這麼想，虎太朗仍忍不住怒目望向那兩人。

（搞什麼啊，好像故意表演給雛看一樣。）

他明白這樣的指控根本是蠻橫不講理。

夏樹不可能刻意這麼做。而雖然令人不快，但戀雪同樣不會。

只是，看在雛的眼裡，又是什麼樣的感覺呢？

目睹那兩人感情融洽地談天，彷彿眼中完全容不下自己的光景，想必會讓人沮喪萬分吧。一定是這樣沒錯。

（如果夏樹拒絕那傢伙，事情就能圓滿收場了。但這完全不可能啊～）

夏樹很擅長察言觀色，但對於他人寄予自己的好感，卻遲鈍到不行。

不當面告白的話，她絕對不會察覺到戀雪的心意。

然而，虎太朗也不認為戀雪有開口的勇氣。

正因為這樣，戀雪和雛一直都只能維持單相思的狀態。

「……嘖！」

「小虎～！」

虎太朗啐了一聲的同時，有人像是看準時機般拍了拍他的背。

雖然很想開口抗議那個莫名其妙的暱稱，但被猛力拍背而咳嗽的他，錯失了開口的好機會。

趁虎太朗無法回嘴的時候，對方伸手一把攬住他的肩頭。

「你在看什麼啊？這麼專心。」

「芝……芝健，我說你啊……」

「嗯？嗯嗯～？啊，什麼嘛，又～在看瀨戶口喔。」

「聽我說話啦！」

儘管虎太朗出聲抗議，但他的發言仍被芝健——亦即芝崎健當成耳邊風忽略。

基於兩人從國中就開始的交情，不知該說是好還是壞，芝崎對虎太朗的態度完全沒在客氣。

「對喔，虎太朗。你好像跟瀨戶口同學是青梅竹馬來著？」

單手拿著利樂包飲料猛吸的山本幸大走到虎太朗的身邊。

不知究竟從何處現身的他，劈頭就是這句話。

貫徹我行我素的行動模式的山本，也和虎太朗畢業於同一所國中。雖然沒什麼共通點，但不知不覺中，虎太朗總是和他以及芝崎三人混在一起。

「是從幼稚園開始的孽緣關係啦。」

「你也用不著刻意修正我的說法啊。」

山本罕見地露出苦笑。

總覺得有些靜不下心的虎太朗，仍支支吾吾地在口中叨唸「你管我啊」、「這種事情當然得糾正啊」之類的話。

於是，芝崎再次將手攬上虎太朗的肩頭。

他露出不懷好意的笑容，不知又打算說些什麼了。

「哎呀呀～這段單戀還真是漫長耶。」

「……啥？」

「你喜歡瀨戶口的哪一點啊？果然是胸部嗎？」

「啥啊啊啊？」

什麼單戀啊！什麼果然啊！

是說，你在看哪裡啦！

雖然想回嘴的話多到如山積，但虎太郎卻擠不出半點聲音。

因為他的臉瞬間竄上一股灼熱，腦袋也跟著暈眩起來。

發現對方沒有以吐嘈反擊，芝崎又繼續開口說：

「不過，跟那種類型的女生交往不會很麻煩嗎？好像會很沉重耶。」

（交往？他說交往？我跟雛嗎？）

count 2
～倒數2～

發現自己開始在腦中想像，虎太朗連忙甩了甩頭。

這樣的動作，讓水滴從他濕透的髮間飛濺至周圍，芝崎不禁出聲譴責。

「啊，喂！不要甩頭啦！你是狗啊！」

「我倒覺得是你太輕浮了，芝健。」

山本一邊靈巧地把手中的利樂包壓扁折起，一邊淡淡開口。

芝崎愣愣地張開嘴，然後喃喃道出「真不解耶」的抱怨。

「為什麼我突然就得到負面評價啦？」

「先說瀨戶口同學很沉重的人是你啊。」

「噢，原來是這個話題的延續啊……」

虎太朗聽著兩人好像有銜接上，又好像是在雞同鴨講的對話，努力調整自己的呼吸。

（不過，這傢伙也不是懷著惡意說出這種話啦……）

芝崎很輕浮。非常輕浮。輕浮到不行。

但他的本性並不壞，也不全然是個不正經的傢伙。

以誇張的言行舉止隱藏真正的自己這點，或許跟春輝有幾分相似。

（雖然春輝那樣子也不是演出來的就是了。）

「你呢？你怎麼看，小虎？」

「……我覺得你太輕浮了。」

聽到虎太朗相同的回應，芝崎有些誇張地聳了聳肩。

「是嗎～？這很普通吧？」

「就是你現在這種態度啦……」

虎太朗苦笑著回應的同時，一陣手機鈴聲傳來。

芝崎隨即將手探進褲袋裡，然後取出剛換的智慧型手機。

「啊，麻衣～！關於今天的約會啊～……咦～啊！真假？」

『是真的，很棒吧！因為是特別首映會，所以也會有媒體來採訪呢！』

或許是音量設定的緣故，連通話對象的聲音都被清楚播放出來了。

聽到虎太郎低聲表示「聲音傳出來啦」，芝崎懶洋洋地揮了揮手，然後便朝教室大門走去。

虎太朗無奈地嘆了口氣，重新認真擦乾自己的頭髮。

他裝出若無其事的模樣望向窗外，但早已不見雛等人的身影。

（她就在沒被夏樹和那傢伙發現的狀態下，默默走在他們後方嗎……）

「虎太朗。」

「嗯～？」

虎太朗轉頭，發現山本直直盯著自己瞧。

他察覺到對方的態度跟平常不太一樣，不禁有些緊張地屏息。

「我說啊。」

「呃……喔。」

「你不用在意芝健說的話喔。」

「咦……」

這樣的發展完全出乎虎太朗的意料。

沒想到山本會做出這番發言的他，此刻愣愣地杵在原地。

（這傢伙的形象是這樣子的嗎……？）

不知該說是好是壞，山本總是維持著一定的情緒起伏，不會深究他人的隱私。

「或許瀨戶口同學很受歡迎，但你不用因此感到焦躁，以自己的步調努力就好嘍。」

「……我說啊，你這是以我喜歡雛為前提的建議吧？」

「咦，不是這樣嗎？」

（不，這是正確答案啦。）

為山本敏銳的觀察力冒冷汗的虎太朗，最後選擇用笑容含糊帶過。

要是不小心說溜嘴，最後一定會自掘墳墓。這點自知之明他還是有的。

（話說回來，我真的有這麼好懂嗎啊啊啊！）

自國中時期開始，不知為何，周遭的人總是能察覺到虎太朗對雛懷有好感一事。

然而，該說是幸運或不幸呢？無論身邊的人再怎麼熱烈討論，雛都不曾認真看待過這件事。

不僅如此，她還會露出有些厭煩的表情，以「別鬧我了啦」或是「虎太朗跟我只是青梅竹馬好嗎！」等千篇一律的內容回應。

（不過，就算她現在意識到這個事實，我也只會覺得傷腦筋而已……）

雛是追著自己心儀的學長，而進入這間櫻丘高中就讀。

現在，雖然兩人之間的距離看起來並沒有縮短，但至少雛一定處於滿腦子只有戀雪的狀態吧。

在這種情況下，如果只是一頭栽進去窮攪和，並不會有勝算。

（……可是，變成耐力賽的話，我可不會輸呢。）

聽著告知即將開始上課的預備鐘聲，虎太朗緊緊握拳。

在接下來的日子裡，拉著雛的手往前走的工作，同樣由他來負責。

年幼時期領著她一起出去玩的這隻手，現在變得更大、更結實了。

＊＊　＊＊

（弄到好晚喔……）

雛帶著難以言喻的疲憊感，在被夕陽染紅的走廊上前進。

透過窗戶向外眺望操場，讓她的雙腿蠢蠢欲動，巴不得馬上去外頭跑步。哪怕只有早一秒也好，她想快點揮別這股無法在任何地方，或是對任何人發洩的鬱悶。

（可是，社團活動反而都會選在這種日子休息呢！）

覺得自己運氣很差的她嘆了一口氣，然後打開教室大門。

放學後的教室裡，除了自己的好友小金井華子以外，已經看不到其他人的身影。

明白自己無須勉強裝出開朗的模樣後，雛放鬆原本緊繃的雙肩開口。

「抱歉，讓妳久等了。」

「歡迎回來。這次的對象也很纏人的感覺呢。」

面對華子的苦笑，雛默默地點了點頭。

今天，將雛找出去的是隔壁班的男同學。

對雛來說，對方只是個她隱約記得長相的人。直到前一刻，她都不知道他叫什麼名字，也幾乎沒跟對方說過話。

然而，這名男同學卻向她道出「我對妳一見鍾情，請跟我交往吧！」的告白。

儘管很感激這名男同學的心意，但除了鄭重婉拒對方，雛沒有其他的選擇。

不過，對方似乎無法接受她的回覆，激動地將雛逼到牆角，頻頻追問「妳喜歡什麼類型的男生呢？是不是已經有了心儀對象？」之類的問題。

（與其說是想深入了解我，那更像是企圖找出自己被拒絕的理由吧……）

喜歡的人喜歡著不是自己的人。

所以被拒絕也是無可奈何。

那名男同學或許是想用這樣的答案來說服自己吧。

（……心儀對象……嗎？）

被追問的當下，雛逃跑了。但對方的問題，現在仍不停在她心中打轉。

說到喜歡的類型，就算會被揶揄成有戀兄情結，她還是會回答自己的哥哥優。

可是，倘若被問到心儀對象是誰，她恐怕會瞬間語塞。

儘管腦中浮現了對應的人物，但——

「雛，妳果然還是在意那個人？」

打破這片沉默的，是華子平靜的嗓音。

雖然是問句，她的語氣卻帶著像是再次確認般的感覺。

不過，華子沒等雛回答，便意味深長地將視線移向敞開的窗戶外頭。

這種時間，會有誰待在中庭？

無須確認，雛的心中便已經有了答案。儘管如此，雙腳還是自行動了起來，帶著她走向窗邊。

她將雙手撐在窗框上，用力探頭朝窗外一看。

（果然！我就知道絕對是他。）

一如雛的料想，身穿運動服的戀雪正蹲在中庭的花圃旁。

他俐落地將雜草連根拔起，丟進身旁的塑膠袋裡頭。

看著戀雪細心的動作，總會讓人心情跟著變好。而這般認真的態度，也十分像戀雪的作風。

（學長的頭髮感覺輕飄飄的呢！好像貓咪尾巴喔～）

戀雪一頭細軟的髮絲，因接連不斷的細微動作而輕輕搖曳。

感覺到臉上不禁浮現笑意的同時，雛突然「啊」地驚叫了一聲。

「雛？怎麼了嗎？」

「……還是老樣子，只有學長一個人呢。」

「咦？啊，這麼說也是……」

count 2
～倒數2～

雛死盯著戀雪的背影，然後緊緊咬住下唇。

她明白從四月至今，戀雪一直很努力在招募新的社員。

然而，他的努力似乎沒能帶來明顯的成果。即將邁入暑假的現在，園藝社仍沒有招收到半個新社員。再這樣下去，最壞的情況下，等到戀雪畢業後，園藝社恐怕就會廢社了。

（不要緊嗎？學長有什麼打算呢？）

乍看之下，園藝社是個低調不起眼的社團，但從事的活動卻都是重度勞動。

說實話，戀雪為何能夠為園藝社如此盡心盡力，也讓雛感到不可思議。

（雖然田徑社的練習也很嚴格又吃力，但因為我本來就喜歡跑步，社團活動也讓我有成就感，所以才有辦法持續……可是，如果社員只剩下我的話……）

她能夠像戀雪那樣，就算只剩下自己，也要繼續社團活動嗎？

答案或許是「ＮＯ」吧。

光是「喜歡跑步」這樣的動力，一定不足以讓她持續下去。

戀雪在照料花草時，總會露出樂在其中的表情。所以雛原本也沒有深入思考太多。

他會執意留在園藝社，到底是為了什麼原因？

會不會因為家裡是開花店的？又或者戀雪的雙親是植物學家？

還是說，戀雪本身打算在未來從事和園藝相關的職業？

愈是思考，雛便感覺戀雪距離自己愈遙遠。她不禁對撐在窗框上的手指使力。

（……我根本對學長一無所知嘛……）

「比起在這裡露出這種表情，不如直接過去找他吧？」

說著，華子溫柔地拍了拍雛的肩膀。

但雛對她所說的「這種表情」渾然不覺。為了確認，她愣愣地伸手觸摸自己的臉頰。

看到她的反應，華子苦笑著表示「妳果然沒有發現呀」。

「可是啊，再這樣下去，之後……」

count 2

～倒數2～

喀沙！

來自窗外的一陣巨響，打斷了華子的發言。

緊接著傳來的，是戀雪有些焦急的嗓音。

（怎……怎麼了？發生什麼事了……？）

雛連忙望向窗外確認。原本蹲在花圃旁的戀雪，此刻伸出雙手在半空中揮舞，一副不知所措的模樣。

看來，他似乎是在起身時不慎勾到其他東西。除了鏟子掉在腳邊、水桶翻倒以外，剛才仔細扔進塑膠袋裡的雜草也灑了出來。

「我過去一下！」

沒等華子回應，雛的雙腿便動作起來。

因為連換鞋子的時間都覺得浪費，她直接穿著室內鞋衝向花圃。

雖然雛不消五分鐘便抵達目的地，但戀雪早已將剛才的狼籍收拾乾淨，正在稍做休息。

她有多久不曾主動向對方搭話了呢？

意識到這一點時，雛感受到喉頭一陣緊縮，於是任憑內心的衝動促使自己開口。

「戀……戀雪學長……！」

「是……是！咦，瀨戶口學妹？怎麼了嗎？」

「我才想問你怎麼了呢！我剛才聽到好大的聲音，你不要緊嗎？」

「不要緊，可是……」

（可是什麼？他該不會受傷了吧！）

戀雪說話變得吞吞吐吐起來，臉色還瞬間發白。

雛再度朝他走近一步，然後不禁這麼吶喊出聲：

「如果有哪裡會痛，請告訴我吧！」

「啊，不是，因為我看到妳腳上還穿著室內鞋……」

「這……這是因為我急著趕過來，所以……！」

「原來是這樣啊。不好意思，讓妳擔心了，謝謝妳。」

看到戀雪露出略為靦腆的笑容，雛的心臟重重跳了一下。

同時，她也意識到自己慢慢變得滿臉通紅。

打算在戀雪對自己說些什麼之前，搶先一步解決問題的她，有些誇張地嘆了一口氣，然後看似覺得「我看不下去了」般用雙手遮住臉。

「那個……瀨戶口學妹……？」

「園藝社什麼時候才會招收到新成員呢？只靠學長一個人來做，實在太危險了。」

「啊哈哈……如果能招募到不錯的社員就好了。」

「應該是學長的宣傳做得還不夠吧？被拒絕一次之後，你是不是就會老實放棄？這樣不行啦，要持續說服對方才行啊。」

又說出不可愛的發言了。

就連開口的雛本人都不禁皺起眉頭，但戀雪卻只是露出苦笑回應。

不過，下一瞬間，他突然收起笑容，轉而以無比認真的神情望向雛問道：

「那麼，我能邀請妳加入嗎，瀨戶口學妹？」

「欸？」

「如果妳也有興趣的話，要不要跟我一起……」

期待著戀雪接下來的發言的她，感覺心跳愈來愈狂亂。

進入櫻丘高中，了解到園藝社的現況後，其實雛一直在內心暗暗盤算著。

倘若戀雪邀她入社，絕對要率直地點頭答應。

（學長，我……我……）

「啊，不行呢。因為妳已經加入田徑社了嘛。」

戀雪一邊叨唸著「我都忘了呢」，一邊以手指搔搔臉頰。

count 2
～倒數2～

雛一瞬間還不明白發生了什麼事，只是愣愣地張開嘴望向他。

（我沒跟學長說過自己是田徑社成員吧……？）

她大致回想了一下，在進入高中之後，自己應該沒跟戀雪提過社團的事才對。

那麼，為什麼戀雪會知道呢？

陷入缺氧狀態的大腦，現在只想得到對自己有利的答案。

（……我們的視線果然有對上？）

這讓雛開心得不得了，坐也不是，站也不是。

不過，反芻戀雪的發言之後，她察覺到現在不是暗自雀躍的時候。

在「妳已經加入田徑社了」之前，戀雪便已經得出「不行」的結論。

（為什麼？也可以跨社團啊。）

戀雪應該也知道還有這個方法，但他看起來完全沒有提議的打算。

如果要自己開口，又令人有點不甘心。雛不禁緊緊咬住下唇。

（到底怎麼搞的啊？果然讓人看不下去！）

「不好意思，占用了妳的時間。」

「……無所謂。我只是擔心這些花草而已。」

語畢，雛迅速轉身背對戀雪。

恨不得早一秒鐘離開現場的她，在對腳尖施力的瞬間，背後再度傳來一個細微的聲音。

「就算這樣，我也覺得很開心。」

儘管是得仔細聽才不會忽略的音量，卻確實傳入了雛的耳中。

因為那不是來自其他人，而是戀雪的聲音。

這更讓雛感到不甘心。她佯裝沒聽到而往前方跑去。

（……我總是這樣……）

count 2
～倒數2～

只有自己主動靠近他的短暫時間裡，雛才能出現在戀雪的視野當中。

兩人視線對上的時候，戀雪會朝她露出笑容，也會和她搭話。

不過，這是因為雛一直關注著戀雪，並非是戀雪會在茫茫人海中尋找她。

能夠讓戀雪關注的，始終都只有夏樹一個人。

（明明已經很清楚這樣的事實了啊……）

這麼說服自己的同時，胸口傳來像是在抗議般的陣陣刺痛。

難得久違地有機會跟戀雪說上幾句話，結果卻搞成這樣。

雛不知該怎麼應付內心躁動不安的感情，只是又嘆了一口氣。

微微低著頭往前走的她，今天同樣沒有發現。

某人透過走廊上的窗戶投射過來的那道視線。

Yu Setoguchi

哥哥 (*^一°)

我引以為傲的哥哥☆

瀨戶口優

高三，巨蟹座AB型。

既溫柔又聰明，

在學校似乎也很受歡迎。

對小夏……

>ω<;)　…(>ω<;)　…(>ω<;)　…(>ω<;)

count 3 ~倒數3~

count 3 ～倒數3～

啪噠、啪噠。

室內鞋發出的懶洋洋腳步聲，迴盪在連接校舍和社團教室大樓的空中走廊上。

周遭相當安靜，讓這樣的聲音變得分外響亮。

「老師們一口氣收了太多本筆記了吧。早知道就找華子一起幫忙了。」

雛一邊撫著自己的手臂，一邊忿忿不平地自言自語著。

雖然值日生負責的雜事原本就很多，但這天的她，可說是接到了有史以來等級最高的工作量。老師們接二連三地將任務丟給她，結果除了第二節的體育課以外，為了收集全班同學的講義和筆記本，她在教室和教職員辦公室之間來回奔走了好幾趟。

最後，還連帶讓雛沒能趕上社團活動開始的時間。

不過，只要說明原委，學長姊們想必能夠體諒她。

快點過去準備的話，現在應該還來得及跟大家一起去跑步暖身。

她想要徹底活動身體，讓自己變得更神清氣爽。

「……戀雪學長今天應該也會去社團吧。」

從空中走廊抬頭仰望，便能看到一片蔚藍得令人恨得牙癢癢的晴空。

儘管身為準考生，但只要不是下雨天，在放學過後，戀雪基本上都會勤勞地往社團跑。

除了中庭以外，他也會去照料位在教職員辦公室外頭以及操場角落的花圃。所以，在練習跨欄賽跑時，戀雪的身影自然而然會出現在雛的視野中。

（反正一定又被女孩子包圍著吧？唉，我知道啦！）

湧現一股怒意的她，不禁用力掐著裝有運動服的包包背帶。

那起「事件」，是在上週一的晨練過後發生的。

雛踏著階梯往上時，高三生的班級所在的二樓傳來一陣女孩子的尖叫聲。

她原本以為是聖奈來上學造成的騷動，所以不禁湊過去看熱鬧。

「妳看妳看！那個人有點帥耶！」

「咦，不妙呢！我們學校有那樣的人嗎？」

儘管兩名女學生都壓低了音量，但她們的情緒明顯很亢奮。

看到其他學生跟著騷動起來，被激起好奇心的雛也不禁望向後方。

下一瞬間，她整個人僵在原地。

轉身的她，看到的是將頭髮剪短，並摘下眼鏡的戀雪。

（咦？為什麼？戀雪學長他怎麼了嗎……？）

那時，不知為何，雛陷入了強烈的動搖當中。

count 3
～倒數3～

腦中一片空白的她，愣愣地眺望著戀雪的側臉，然後發現一件事。
戀雪不只是外表改變了而已。
他散發出來的氣質也不一樣了。這讓雛忍不住屏息。

（學長是認真打算改變自己呢。）

來到教室外頭的戀雪，在反覆深呼吸幾次後緩緩抬起頭。
他帶著綻放出強烈光芒的雙眸，一口氣拉開教室大門。

「大……大家早安。」

那是個連待在走廊盡頭的雛都能確實聽見的清晰音量。
隔了半晌之後，教室中傳來一陣小規模的驚呼聲，戀雪則是有些靦腆地踏進裡頭。
「綾瀨同學，原來你長得這麼清秀呀！之前為什麼都用瀏海跟眼鏡遮住呢，太浪費了～」

「真的假的？你真的是小雪嗎？嗚啊啊，這是詐欺吧～」

聽到接二連三傳來的人聲，雛露出苦澀至極的表情。

她真想馬上衝到那間教室，用丹田的力量對裡頭的人大吼。

質問「你們之前真的有好好看過學長這個人嗎」。

戀雪並非在上個週末一口氣長高，也不是突然變得美型。

他只是將過長而顯得有些陰鬱的髮絲剪短，並改成配戴隱形眼鏡罷了。

（大家根本什麼都不知道……根本沒有正眼看過學長，卻還……）

之後，情況想必會出現一百八十度的轉變吧。想親近戀雪的女學生一定會增加。

感覺這樣的未來彷彿鮮明浮現在眼前，雛跑著離開了走廊。

（——然後，也的確變成這樣了。）

歷經變身之後，戀雪無論走到何處，都會被女孩子們團團包圍。

其中，甚至還出現了以「我對園藝社有興趣呢」為攀談藉口的強者。每當聽到有人這麼表示，戀雪總會認真遊說對方加入社團。

然而，只要能藉此和戀雪說上話，她們就已經滿足了，所以也絕不會答應入社。

模仿這種手法的女孩子陸續出現，戀雪身處的狀況也跟著惡化——不管花多少時間，對方都不會加入社團，只有圍繞在身邊的人數愈變愈多。

（早知道會變成這樣，之前應該先跟他說我願意跨社團的……）

打鐵要趁熱。覆水難收。要怎麼收穫，先怎麼栽。

為了準備考試而拚命背起來的那些俗諺，現在一個接一個浮現在雛的腦中。

儘管不願承認，但看來她完全錯失了開口的好機會。

（現在表示想加入社團的話，絕對！會給人負面的印象。）

戀雪本人或許不會這麼想，但周遭的其他人，一定會認為雛別有用心。

追著戀雪跑的那些女孩子，必定會以雛當理由而陸續入社。社員增加固然是一件好事，不過要是在戀雪畢業之後，她們也一哄而散地退社，那就令人困擾了。

（演變成這樣的話，不只會給學長添麻煩，還會……）

「啊，小雪～！你今天也要去社團嗎？辛苦嘍。」

「你手上這盆花，是要移植到哪裡去的？」

空中走廊的另一頭，亦即通往中庭的路上，傳來格外快活的嗓音。

覺得討厭的話，不要去看就好了。

儘管這麼想，雛還是忍不住回頭。

所謂說曹操，曹操就到。兩名看似戀雪粉絲的女學生上前向他攀談。

（會叫他小雪，大概是高三的學生吧……）

戀雪當下露出略為困惑的表情，但或許認為這也是替園藝社打廣告的好機會，於是用溫和的笑容和那兩人對話。

他向兩名女學生展露手中的盆栽，努力試著讓她們產生興趣。

count 3

～倒數3～

「……明明是我……」

「明明是我先看上他的！」

一個感覺語帶調侃的人聲傳來，打斷了雛的自言自語。

她帶著有些懶得應付對方的心情轉頭，看到高見澤亞里紗像貓咪般瞇起雙眼。

雛跟亞里紗從國中就認識，在進入高中後也被分到同一班。

雖然雛跟她的交情沒有像跟華子那樣特別要好，但彼此都有交換手機號碼，也常與高采烈地討論自己推薦的甜點。

（要是她可以不要捉弄戀雪學長的話……）

應該會更好相處才對——不過，遺憾的是，亞里紗有些纏人的個性，依舊從國中時期延續至今。

「真可惜呢，瀨戶口同學。」

「……妳在說什麼？」

「噯，妳沒有半點危機意識嗎？我覺得現在不是妳故做從容的時候耶。」

說著，亞里紗伸出塗上薄薄一層指甲油的手指，指向空中走廊的另一頭。

等到雛不太甘願地順著她的手望過去，亞里紗又繼續說道：

「在那邊努力想吸引戀雪學長注意的，是高三的學生吧？這樣的話，比起妳，她們跟戀雪學長之間有著更多共通點。要是掉以輕心，恐怕只要一轉眼的時間呢。」

是「只要一轉眼的時間，就會發生什麼事」的意思嗎？

對於總是將話中的關鍵部分含糊帶過的她，感到疲於應付的雛只是敷衍地「噢」了一聲。

「……那我就趁現在說清楚好了。」

或許是對雛的反應有些不滿吧，亞里紗罕見地露出認真的表情。

看到雛不禁全身緊繃的反應，她一口氣滔滔不絕地表示：

「『那些人怎麼可能釣得到戀雪學長呢』、『從國中時期就認識他的我絕對占優勢』——妳是這麼想的吧？」

（咦，她在說什麼……）

面對亞里紗突如其來的指控，雛只是愣在原地不斷眨眼。

倘若自己的解讀沒錯，亞里紗根本是以「雛喜歡戀雪」的前提說出這種話。

她明明從來沒跟亞里紗提過這種事，對方卻一副莫名有自信的模樣。

「不過，這會不會是妳單方面的想法而已？你們在國中時也沒特別發生過什麼事，對戀雪學長來說，妳才是『後到的人』吧，瀨戶口同學？」

是是是，隨便妳說啦。

儘管腦中一角已經浮現用來回應亞里紗的字句，不知為何，雛卻無法開口。

相較之下，看著雛默不作聲的反應，亞里紗或許以為是自己說得太過火了，於是露出有點困窘的表情，視線也跟著移往地上。

在尷尬的沉默籠罩下，先採取行動的人是亞里紗。

她丟下一句「妳讓旁觀的我都看不下去了」，便穿著室內鞋跑向中庭。

然後以甜膩的嗓音開口呼喚戀雪。

「小雪～！我也來幫忙！」

（嗚哇，還是老樣子，簡直完全變了個人呢……）

這和她方才跟雛對話的嗓音截然不同。這樣一百八十度的改變，幾乎令人嘆為觀止。只有在戀雪和聖奈面前，亞里紗會裝出一副乖孩子的模樣。

（不過，對於聖奈學姊，她好像只是單純的憧憬就是了。）

雖然雛沒問過亞里紗本人，但她的髮型應該也是在模仿聖奈吧。總是被男孩子圍繞著的亞里紗，以及不分男女都很受歡迎的聖奈。因為兩人的類型不同，就算從頭到腳都想參考對方的感覺，恐怕也不見得適合自己。不過，亞里紗仍貫徹著國中以來的習慣，熟讀聖奈曾露臉的每本雜誌，繼續當她的死忠粉絲。

「真的讓人搞不懂耶……」

雖然雛這麼喃喃叨唸，但亞里紗的發言確實存在一針見血的部分。
至少，她的確懷抱著「那些人怎麼可能釣得到戀雪學長呢」的想法。
（因為，戀雪學長對小夏……）

雛接下亞里紗單方面拋過來的意見，就這樣在原地佇立了片刻。
她凝視著戀雪的背影這麼想著——
（學長會不會看向這邊呢？如果他能這麼做，我——）

這般淡淡的期待還是落空了。戀雪一次也沒有轉頭望向雛所在的方向。
她明白這是自己的一廂情願，也明白不開口說出來，就無法傳達給對方。
但胸口仍傳來刺痛感，彷彿有什麼東西一口氣湧上來。
雛不想被這種鬱悶情感困住，卯足全力奔跑著離開空中走廊。

* * * *

在床上打滾了幾圈之後，雛拾起擱在枕邊的手機。

剛才明明才做過同樣的事情，但在確認過畫面上顯示的日期和時間後，她還是嘆了一口氣。

「下次再見到他，不知道是什麼時候了……」

儘管這句話是從自己口中說出來的，雛仍不悅地皺起眉頭。

好強的她之前一直躲著戀雪，結果回過神來的時候，已經開始放暑假了。

因為雛幾乎不再主動向他攀談，所以這麼做之後，她跟戀雪對話的機會一下子就消失了。而且徹底到令人發笑的程度。

這段期間內，圍繞在戀雪身旁的粉絲也愈變愈多，讓雛更難接近他。

例如，結束晨練之後，在教室裡茫然眺望著外頭的時候。

跟踏進校園的戀雪四目相接的瞬間，雛不會向他點頭打招呼，而是馬上將頭從窗邊縮回來。

例如，在走廊或樓梯間不期而遇的時候。

和友人結伴同行時，雛會佯裝與對方聊天到渾然忘我的樣子。獨自一人的時候，她則是會假裝自己在趕時間，然後拔腿就跑。

還有參與社團練習的時候。

雛也曾察覺到來自戀雪的視線，但她徹底裝作不知情。

看到雛明顯迴避自己的態度，戀雪相當不解。這點雛也感受到了。

不過，他並沒有特別向她詢問理由，這讓雛更加煩躁。

（我也知道這樣只是在遷怒，可是……）

磅！

外頭突然傳來一陣巨響，讓雛嚇得從床上彈起來。

從聲音大小來判斷，應該是有人用力關上玄關大門所發出來的。

接著是奮力踏在地板上的腳步聲。

踩著階梯上來之後，腳步的力道雖然減弱了，但重重關上房門造成的震動，一直傳到雛位於隔壁的房間。

（哥哥在生氣？說是暴怒，感覺像是真的動了肝火了？）

這讓雛瞬間睡意盡失，心也涼了半截。

優經常對雛嘮叨個不停，但這是因為他很擅長照顧人的緣故。

他不會因為雛是自己的妹妹就過度溺愛，但相反的，優也不會因為自己是哥哥，就擺出高壓或蠻橫的態度。

儘管不算生性敦厚，不過，優也不是會透過破壞東西來宣洩怒氣的類型。

（難道他又跟小夏發生什麼事了嗎……？）

打從一陣子之前開始，優和夏樹之間便出現一種奇妙的感覺。

看起來並不像是吵架了。而且，聽到雛若無其事地詢問這件事，他們也異口同聲地回以「一如往常啊」、「一如往常吧」這樣的答案。

（可是，總覺得他們好像變得對彼此很客氣，或說是保持著一段微妙的距離？）

思考至此，雛突然發現一件事。

當初那樣若無其事地探問，恐怕是不恰當的做法。

尤其她覺得自己可能對夏樹說了很多餘的話。

那是在暑假之前，夏樹一如往常地造訪優的房間時發生的事情。

因為優剛好外出，雛便要求夏樹一起打電動等他回來。一邊閒聊，一邊安裝遊戲主機時，雛不小心這麼脫口而出——

「如果是小夏，我願意把哥哥讓給妳。」

「還是說，戀雪學長才是妳的菜呢？」

現在，光是回憶起這些，臉頰就好像有火在燒。

而最不妙的，是她不自覺吐露出來的這句話。

「戀雪學長明明從以前開始，就是個帥氣又溫柔的人啊。」

雛說出這句話的當下，夏樹露出了什麼樣的表情呢？

她會因為雛說話的音量太小，而沒能聽見這句話，或因不知該作何反應而困擾嗎？

無論是何者，都讓此刻回想起來的雛坐立不安。

（小夏絕對會在意我說的那句話吧……）

優和夏樹的相處會變得不太自然，是導因於雛那些無謂的發言嗎？

倘若那兩人真的吵架了，想介入他們之間仲裁，也只會招來反效果。

當了優十五年的妹妹，雛明白在這種情況下，讓哥哥轉換心情，才是最理想的做法。

（哥哥總是會在奇怪的地方表現得很笨拙，也容易因此累積壓力呢。）

雛一鼓作氣下床，然後走向隔壁的房間。

房門的另一頭異常安靜，甚至感覺不到有人在裡面。

雛伸手敲了好幾次門，但都沒有得到回應。

「哥哥，你在不在啊～？如果在的話，就跟我約會吧～」

就算出聲呼喚，優仍沒有半點反應。

她又喊了一聲「哥哥，人家在叫你耶」，過了半晌，裡頭才傳來腳步聲。

房門以前所未見的緩慢速度打開之後，一張臭臉從裡頭探出來。

「……妳很吵耶。」

「從下星期開始，我就要去參加田徑社的夏季集訓了。你也會因為補習而變得很忙碌吧？」

無視優聽起來心情差到極點的嗓音，雛帶著笑容這麼斷言。

「……所以？」

「真是的！你忘記可愛妹妹的生日了嗎？」

「……啊。」

優的語氣瞬間出現變化，恢復成平常的他平穩的聲音。

雛忘了自己原本想讓優轉換心情的目的，用一如往常的態度抬頭瞪著這個哥哥。

count 3
~倒數3~

「真是難以置信~你真的忘了對吧，哥哥？你根本是念書念昏頭了嘛！」
「是是是，對不起喔。」
「聽起來一點誠意都沒有~！」
雛高舉起握拳的雙手以示抗議，下一秒，優噴笑出聲，然後將視線移開。
從這樣的反應看來，他一定又覺得自己很孩子氣了吧。
（真拿他沒辦法~現在，我就成熟一點，當作真的是這樣好嘍。）
在內心如此喃喃自語之後，雛帶著壞心眼的笑容望向自己的哥哥。
「如果你願意一起去挑禮物，我也不是不能原諒你喔！」
「是是是，我知道了。」
「你真的一點誠意都沒有耶~！」
雛雙手扠腰盯著優看。後者的臉上浮現了溫和的笑容。

或許，其實優已經看穿了她的企圖也說不定。

（真的是一點都不坦率！）

希望優和夏樹能夠順利發展。希望兩人能一起變得幸福。

雛打從年幼時便一直這麼期望。

在得知戀雪的心意之後，她偶爾會變得無法單純為這兩人打氣。

儘管如此，雛還是忍不住替哥哥和未來的嫂嫂祈願。

＊＊　＊＊

這純粹是一場巧合。

因為跟店家訂購的釘鞋提早一星期到貨，在社團休息的這天，虎太朗來到位於車站附近的大型運動用品專賣店。

穿越店家的自動門的時候，他跟瀨戶口兄妹撞個正著。

「咦！優，你怎麼會在這裡？」

看到虎太朗愣在原地，雛挽著優的手臂，一臉得意地這麼回答。

「當然是因為哥哥在跟我約會啊！他是來買我的生日禮物的。」

「啊……噢，這樣啊……」

面對回應支支吾吾的虎太朗，雛的臉上浮現狐疑的表情，優則是無語地露出苦笑。

瞥見優的笑容，虎太朗理解到一件事。

優想必明白他脫口道出「你怎麼會在這裡」這個問題真正的原因吧。

（看夏樹那傢伙罕見地早起做出門的準備，我還以為她八成要跟優去約會呢……）

然而，實際上，優現在正在虎太朗的眼前。

既然這樣，夏樹是跟美櫻、燈里那些好姊妹外出了吧——虎太朗原本這麼猜測，不過，優的樣子看起來又不太對勁。

（話雖這麼說，但隨便開口問的話，會把氣氛搞得很尷尬呢。）

這種情況下，恐怕還是裝作什麼都不知道、什麼都沒看到比較好吧。

於是，虎太朗回以一句「那麼，電燈泡還是早早退散吧」，便轉身背對兩人。

然而，也不曉得是不是看穿了虎太朗的想法，優主動開口問道：

「你還沒吃午餐的話，我們就久違地三個人一起吃吧。」

「咦咦～！我想跟哥哥兩個人吃飯耶……！」

在虎太朗回應之前，雛搶先一步出聲抗議。

早就料到雛會做此反應的虎太朗，轉頭向優表示：

「你的妹妹大人這麼說呢。」

「這種時候，出資者有權決定一切。」

關鍵性的這句話，讓虎太朗和雛雙雙噤聲。

優帶著滿足的表情眺望兩人的反應，又追加一句「趕快結完帳，然後就出發吧～」，接著踏出腳步。

虎太朗跟著兩人抵達的，是和車站稍微有一段距離的某間咖啡廳。

因為這天的天氣不錯，店員安排他們坐在露天的座位。這讓虎太朗巴不得馬上拔腿衝回家。

（為什麼我會坐在這麼高雅的空間裡頭啊……）

虎太朗能理解雛「想在咖啡廳用餐」的主張。

因為她經常跟同班的華子等人討論這類話題。

讓他意外的是，優不僅爽快答應了這樣的要求，還熟門熟路地領著他們來到這間鮮少人知的店家。

（而且，這裡的定價好像有點高耶！）

觀看菜單的同時，虎太朗的雙手不禁開始微微打顫。

只是自己的餐費也就算了，如果還要再另外負擔兩人份的費用，恐怕就會變成一筆不小的金額。

「那個啊，優……」

趁著雛起身上廁所的空檔，虎太朗向坐在對面的優附耳低語。

「透過春輝的人脈，我接到不少打工機會，所以你不需要在意價錢之類的喔。」

優若無其事地率先開口，眼底似乎還帶著笑意。

「……我有表現得那麼明顯嗎？」

聽到虎太朗不安地這麼問，優毫不客氣地露出認真的表情點點頭。

「你看著菜單，然後一臉快要哭出來的表情呢。」

「嗚哇，真的假的啊！有夠遜的……」

虎太朗將手肘靠上桌面，然後用菜單遮住自己的臉。優見狀之後，不禁「噗哈」一聲噴笑出來。

發現虎太朗投以充滿怨懟的視線後，優乾咳了幾聲再次開口。

「謝謝你替我擔心嘍。」

「……優，就算跟身為那傢伙弟弟的我面對面，你也不會想打聽什麼耶。你打算用剛才那種笑容，攏絡所有人嗎？」

count 3
～倒數3～

「很難說呢。至少，我覺得不是『所有人』。」

優所說的「不是所有人」，也包括夏樹嗎？

儘管不需要插手，但虎太朗還是很在意，所以忍不住在口中唸唸有詞。

敏銳地發現這一點的優，有些不解地歪過頭問道：

「你怎麼了嗎？」

「不，沒什麼。」

「是喔？啊，雛回來了。剛才那件事……」

「我知道。不要告訴她，對吧？」

打從一開始，虎太朗也沒打算告訴雛。

這麼補充之後，優瞇起雙眼，喃喃叨唸著「你也長大了嘛」。

雖然話中帶點調侃的味道，但並不是把虎太郎當小孩子看待的語氣。

虎太朗用菜單遮住忍不住上揚的嘴角，簡短地回以一句「是啊」。

（相較之下，優完全是個「好男人」嘛，夏樹到底在搞什麼鬼啊……）

在雛回到座位上之後，對話情況一下子變得複雜起來。

無論是和坐在隔壁的優聊天，或是和坐在斜前方的虎太朗說話的時候，雛的視點幾乎都沒有動過。

一直都是望著優的臉在說話。

（麻煩死了～！反正她八成是覺得被同學看到會很困擾吧。）

雖然迎面吹來的風讓人心曠神怡，但選擇露天的座位，恐怕是個敗筆。

還是說，就算坐在室內，雛也會以同樣的態度來對應呢？

（她或許只是不想被綾瀨看見，或是聽到相關的八卦傳入耳裡吧……）

老實說，事到如今，根本沒必要在意這個。

早在虎太朗和雛念國中時，他們倆是青梅竹馬一事，便是眾所皆知的事實。就算現在只有他們兩個人在咖啡廳吃飯，也不會被認定成男女朋友吧。

真要說的話，戀雪恐怕也不會在意雛有沒有男朋友。

因為，雖然不想承認，但戀雪的眼中一直只有他的姊姊夏樹一個人。

「對了，之前說的試膽大會怎麼樣了？」

「結果啊，幾乎所有高一學生都會參加呢。活動由明智老師主導，再加上學校也核准，這兩個因素的影響大概很大吧。」

「果然變成這樣了啊。畢竟難得有機會可以使用校舍嘛。」

「男生們都一副格外有幹勁的樣子，反而讓人有點擔心就是了~他們甚至說文化祭也要辦鬼屋咖啡廳什麼的，感覺擔任執行委員的華子會很辛苦。」

「華子應該沒問題。我看她很能幹呢。」

虎太朗聽著優和雛開心談笑的內容，一口氣喝光玻璃杯中的水。

他想將晦暗的想法從腦袋裡一口氣沖刷掉。

然而，當視野一角出現兩個人影，而自己在下一秒認出他們的時候，虎太朗狠狠地嗆到了。

「哇！真是的，你很髒耶……」

「還好嗎，虎太朗？」

雛和優的聲音傳入耳中，但現在不是回應他們的時候。

因為嗆到而目泛淚光的虎太朗，視線直盯著從雛和優的後方走過的兩人。

（真的假的啊？為什麼……）

不管眨幾次眼睛，眼前的光景都沒有因此出現變化。

隔著一條馬路的對街，有一列緩緩朝書店移動的人龍。夏樹和戀雪的身影就在裡頭。

「噯，你真的不要緊嗎？是不是因為太熱，所以有點頭暈？」

「我去問店員能不能換到室內的座位。」

「不，我去問吧。雛，妳在這裡看著虎太朗。」

「我知道了。」

看著眼前這對兄妹默契十足的對應，虎太朗試著調整自己的呼吸。

現在，夏樹和戀雪已經踏進書店裡頭，所以他們或許也不需要移動到室內。

可是，畢竟不知道那兩人何時會再走出來，或許還是老實換個座位比較好。

（可惡，腦子完全停擺了……）

變得一片空白的大腦，感覺無法再思考任何事情。

於是，虎太朗聽從優和雛的建議，慢吞吞地移動到室內的座位。

* * * *

當三人踏出咖啡廳，準備前往車站時，太陽已經開始西沉。

由於虎太朗順勢拿「覺得頭暈」來當藉口，優要他繼續坐在咖啡廳裡好好休息，三人便一直待到了這個時間。

幸好，他們之後沒在店裡跟夏樹等人不期而遇。這讓虎太朗暗自鬆了一口氣。

「你真的不要緊了嗎？」

「沒事、沒事。都已經在店裡休息到剛剛了嘛。」

「哥哥，你也看到了吧？他甚至點了第二道甜點呢！」

「是這樣沒錯啦……」

相較於虎太朗和雛開朗的嗓音，優的臉上仍帶著憂慮。

優是個責任感很重的人，所以，沒能及時察覺虎太朗的異狀，想必讓他相當懊悔吧。

（……抱歉，沒能跟你說實話。）

優知道夏樹今天跟其他人外出一事。

至於他知不知道對方是戀雪，就無從確認起了。在這樣的情況下，還是不要哪壺不開提哪壺比較好。

最重要的是，虎太朗害怕看到雛的反應。

畢竟連自己都察覺到了，所以雛應該也知道戀雪喜歡夏樹。

要是看到他們倆在一起的畫面，雛必定會受到打擊。

（我不想看這傢伙受傷的樣子……再說……）

所有的喜怒哀樂，都取決於戀雪的一舉一動——虎太朗已經不想再看到這樣的雛了。

讓雛展露笑容，或是露出難過表情的人，都是戀雪。

這樣的事實讓虎太朗很痛苦，同時也相當不甘心。

他知道這些都只是自己內心的獨角戲。

儘管如此，虎太朗仍無法壓抑他討厭這些事的想法。

「啊……」

在離家最近的車站下車，準備從住家附近那座公園的外頭走過時，優的腳步突然停下。

他沐浴在夕陽餘暉之下的側臉，很明顯地逐漸變得蒼白。

虎太朗心中湧現強烈的不安。他隨著優的視線望去，然後屏息。

是夏樹跟戀雪。

他們倆有說有笑地走進公園裡。

看在旁人眼中，甚至散發出一種宛如男女朋友的氣氛。

「騙人……」

「虎太朗，雛就拜託你了。」

雛沙啞的嗓音，隨即被優不允許反駁的語氣掩蓋住。

優沒等虎太朗回應，便追上那兩人的腳步。

他的背影看起來不帶一絲迷惘。

虎太朗朝雛偷瞄一眼，發現透明的液體從她的一雙大眼中慢慢浮現。

終於還是湧出來的淚珠，從她染紅的臉頰滑落。

（……真的好漂亮啊……）

儘管明白不是做此感想的時候，虎太朗仍無法將目光移開。

他沒能替雛拭去淚水，也無法出聲鼓勵她，只是無語地佇立在原地。

「怎麼辦，我……我……果然對戀雪學長……」

虎太朗明白，雛藉由這句話按下了內心那個最關鍵的按鈕。

在他看來，雖然雛的態度早已顯而易見，但她本人卻遲遲不肯承認這份心意。

戀雪只是一名讓人放不下心的學長，而不是自己喜歡的人。

除了表現出這樣的態度以外，雛一定也試著這麼說服自己吧。

（不過，這些也該結束了呢……）

「或許，真的有所謂的命中註定呢。」

雛以不帶任何情感的表情這麼說道。

面對虎太朗依舊沉默佇立在原地的反應，她接著說出更令人震驚的發言。

「剛才在咖啡廳的時候，你會突然不舒服，其實是因為看到了什麼吧？所以，體貼哥哥的你，才會乖乖移動到室內的位子……可是，結果還是變成這樣了呢。」

這次，虎太朗真的感到一陣頭暈目眩，幾乎連雙腳都要站不穩了。

快否認啊。現在就否認。

警告聲響遍腦中的同時，他聽到了另一個冷靜的聲音。

告訴他「就算否認了這件事，也不會有任何改變」。

「我是不知道什麼命中註定啦，但這大概是老天爺要我們不能逃避吧。」

虎太朗望向雛的雙眼，果斷地這麼表示。

剛才別開視線，然後逃到室內座位的自己，講這些話或許也沒有說服力。

雖然明白這一點，但他無論如何還是想表達出來。

（我不會再逃避自己的心意了。）

聽在雛的耳裡，這句話會是什麼感覺？

會在她的內心激起什麼樣的漣漪？

眨了幾次眼之後，雛的臉上確實地、慢慢地恢復了表情。

「明明只是個虎太朗，竟然這麼囂張。」

「……妳老是一下～子就哭出來呢。」

「我……我又沒有哭！」

「哦～哼～」

「你的表情讓人很不爽耶！」

看到雛鼓起腮幫子的模樣，虎太朗也忍不住浮現壞心眼的笑容。

不過，在下一瞬間，他的側腹便遭到雛無情的手肘制裁。

就算開口抗議，雛八成也不會停手，但這樣的攻擊實在太狠了。

「嗚咕！雛……雛……妳喔……」

「對了，足球社的夏季集訓要去哪裡啊？剛往常一樣在學校辦嗎？」

「啥～？比起這個，妳有其他更應該說的話才對吧！」

「聽說我們田徑社會去輕井澤喲！」

雛帶著笑容炫耀「很好吧？超棒的吧？」，然後抬頭望向虎太朗。

後者則是愣了半晌，接著用雙手狠狠抱頭。

「啥？這是怎樣啊！太詐了吧！」

「才不詐呢～是校友會的學長姊說田徑社去年的成績很好，為了慶祝一番，就集體出資贊助這次的集訓而已呀～」

「真的假的啊，好羨慕……才怪！我一點、完全都不羨慕！」

「咦咦～？你不用這麼勉強也沒關係喔！」

「隨便妳說啦。我們也會突破預賽，然後一路贏下去啦。」

雛或許沒有將這番話當真吧，只是漠不關心地回了一句「是是是」。

她的表情看起來放鬆了一些，剛才那種緊繃的感覺已經消失了。

（這樣應該就不要緊了……吧……？）

雖還沒有完全從方才的震撼中平復，也沒有將其徹底從記憶中抽離。

只是，淚水再也沒有繼續從她濕潤的眼眶溢出。

判斷大概已經脫離危險狀態的虎太朗，這才終於放下心中的一顆大石頭。

（……不知道夏樹那傢伙要不要緊。）

關於之後那三人在公園裡發生了什麼事，虎太朗也並非完全不在意。

依夏樹的個性來看，她或許會不小心說出不太妙的發言。

再加上她不夠坦率的態度，有可能讓事情變得更複雜。

但就算自己胡亂闖進那個狀態，也不知該對誰說些什麼才好。

所以，這樣就好了。

至少現在是如此。

眼淚、後悔，以及誓言。夕陽彷彿想吞噬這一切似的緩緩西沉。

望著在腳下隔著一段微妙距離並排的兩個影子，虎太朗和雛沒有停下腳步，持續往前進。

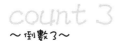

山本幸大

天蠍座A型。

感覺不太說話。很謎……

Kodai Yamamoto

山本同學(·x·。)

虎太朗的朋友。

芝崎健

牡羊座O型。

很輕浮的人……

芝健(·∀·;)

虎太朗的朋友。

Ken Shibasaki

count 4
~倒數4~
榎本虎太朗
射手座O型。
滿腦子足球。很吵……
虎太朗(–,–)
住在隔壁的孽緣。
Kotaro Enomoto

count 4 ～倒數4～

太陽慢慢地、一點一滴地提早下山的時間。

夏日的氣味逐漸淡去，秋天的氛圍愈來愈濃厚，再過不久，冬天想必就要到來了吧。

（總覺得好像不久之前才剛升上高中呢……）

回過神來的時候，被當作新生看待的時期早已結束了。

而老師們也動輒搬出「你們明年就是高二的學生嘍」這套說法，並時常要求大家做出符合這樣的身分的表現。

最具代表性的例子，就是在九月舉行的學生會幹部選舉。

募集高一和高二的候補人選，並從中挑選出替代高三學生的學生會幹部，以及各委員會的委員長。

華子也自告奮勇參選書記委員，然後順利當選。

於是，「高三生畢業之後的大小事」這類話題跟著逐漸真實起來。

從社團教室大樓返回教室的途中，雛不經意地望向窗戶外頭。

原本隸屬於運動社團的高三生，現在大部分都已經退社，操場一下子變得冷清起來。

偶爾傳進耳中的加油聲，彷彿也少了那麼點魄力。

以往負責率領社團的學長姊離開之後，令人有種頓失依靠的感覺，想到接下來只剩自己這群學弟妹，內心的不安更是揮之不去。

（……畢竟當初已經用「接下來就交給我們吧」這種話歡送社長們離開了嘛。）

穿著暌違幾個月的西裝制服外套的雛，將手探進口袋，尋找剛才拿到的傳單。

她攤開整整齊齊折成四折的紙片，「文化祭」三個字隨即映入眼簾。

在每年的文化祭，櫻丘高中的運動社團都會在中庭或操場上擺攤。

這是眾人在高三生退隱後的全新體制之下，首次迎接的「第一關」。

（田徑社去年賣的熱狗超級好吃呢。）

其美味的程度，除了在校生以外，甚至連前來參加文化祭的一般民眾都口耳相傳，因此讓攤位大排長龍。

當初為了來找優和夏樹而造訪櫻丘的雛，也禁不起誘惑而加入排隊的行列。

所以，聽到新上任的社長和副社長道出「今年也來賣熱狗吧」的提議，雛感到開心不已。而其他社員或許也懷抱著相同的想法，於是全員一致表示同意。

（雖然一定會被拿來跟去年的熱狗做比較，但我還是想盡量努力呢。）

他們想必無法端出和高三生同樣的熱狗吧。

不過，這樣就行了。

仿效學長姊的優點的同時，也展現出自己的特色。

所謂的「傳承」，或許就是這麼一回事吧。

（不過，這種情況也不僅限於文化祭就是嘍！）

count 4
～倒數4～

在高三生退隱之後，高一生也能參加比賽的機會將跟著大幅提昇。

對於能力在參賽資格邊緣的雛來說，這是一個大好機會。她也明白接下來是最關鍵的時刻。

參賽，便等於代表整個社團。

並非只是得到在賽場上奔跑的機會這麼單純。

不但必須肩負起相對的責任，也會被期待締造佳績。

（就算這樣，我還是一定要爭取到參賽機會。）

她想參加比賽、留下好成績，然後再將棒子交給下一屆的學弟妹。

這也是為了過去努力領導社團的那些學長姊們。

（……園藝社不知道會怎麼樣……）

儘管已經邁入九月，雛仍沒有聽說園藝社招收到新成員的消息。

再這樣下去，這個社團恐怕連文化祭都不會參加。

（到頭來，我也沒能說出想幫忙的意願……）

閉上雙眼，那時的光景便會在腦中鮮明地復甦。

夏樹和戀雪兩人結伴走入被夏日餘暉染紅的公園的身影。

她像是遷怒般躲著戀雪的行為，最終招致了這樣的結果。

在為期超過一個月的暑假中，她一直都只是在遠處眺望戀雪。

而現在，因為害怕面對最關鍵的答案，她仍無法主動向他攀談。

雛也曾試著鼓起勇氣和戀雪搭話，但總是被女孩子團團圍住的後者，讓雛連他的名字都叫不出口，便轉身逃走了。

包圍著戀雪的那種宛如祭典般沸騰的熱情，至今仍沒有冷卻下來的跡象。

（不過，這些其實都是藉口啦。臨陣脫逃變成我的一種習慣了呢。）

因為不想看到自己倒映在窗戶上的臉孔，雛將視線移開。

這種時候，虎太朗的那句話總是會再次浮現於腦中。自從暑假那天，在公園外頭的他開口之後，那句話便遲遲不肯離開雛的腦海。

count 4
～倒數4～

「我是不知道什麼命中註定啦，但這大概是老天爺要我們不能逃避吧。」

很像虎太朗會說的話。

儘管不擅長念書，他仍然拚命努力。最後，雖然是以備取生遞補的形式考上，但他成功進入了遠超過自身原本實力的高中。

比別人更努力練習，然後成功擠進足球社先發球員的行列。

虎太朗總是像這樣，以自己的力量開拓未來。正因如此，他才有資格說這種話。

（我也很想做點什麼啊。可是……可是呢……）

好不容易正視了自己的心意，卻無法繼續往前踏出步伐。

因為，在倒數計時結束的同時，她也將目睹這段戀情的結局。

無處可去的這份感情，會一口氣奔向九霄雲外，然後消失無蹤嗎？

至少，雛認為她無法這麼簡單俐落地切換自己的心情。

希望喜歡的人能夠幸福，為何會是如此令人難受的事情呢？

儘管如此，她還是無法抑止「但願戀雪能永遠維持笑容」的想法。

「……戀雪學長是不是也一直懷抱著這樣的心情呢？」

每一次心跳，胸口便跟著傳來沉重的痛楚。

雛伸手抹了抹變得溫熱的眼角，在逐漸扭曲的視野裡踏步往前進。

* * * *

原本約好在教室會合的華子，現在仍不見人影。

文化祭執行委員會的會議似乎遲遲無法結束。因此，華子偷偷傳了一封「搞不好會一直拖到最後放學時間呢。這樣的話，妳就先回去吧」的簡訊過來。

雛猶豫了片刻，最後以「我在學校裡一邊閒晃一邊等妳吧～」回覆她。

距離最後放學時間還有兩小時。

現在出去跑步的話，應該也不至於讓華子反過來等她才對。

為了換上運動服而前往社團教室大樓的途中，雛發現有什麼東西滾落在地面。

看到那個令人眼熟的物體，雛連忙確認自己的書包。

原本掛在書包上的吊飾不見了，只剩下一段斷掉的繩子。

「啊～！哥哥買給我的熊貓……！」

她急急忙忙地衝下樓梯，吊飾正躺在走廊的一角。

她拍去熊貓吊飾身上的灰塵，然後確認它是否完好。看起來沒有明顯的刮痕，連接繩子的金屬頭也還在。只要換一條繩子，應該就沒問題了。

「真是的，不要嚇我啦……」

雛將熊貓吊飾收進書包裡，然後緩緩起身。

抬起頭的瞬間，美術教室的大門映入眼簾。

從現在的時間看來，夏樹她們或許還留在裡頭吧。

難得來到附近，跟她們打聲招呼好了——雛這麼想著，從大門上頭的玻璃部分望向教室內部。

（咦，只有美櫻學姊在……？）

不只是夏樹和燈里，裡頭也沒有其他社員的身影。

只有身穿作畫用圍裙的美櫻，獨自沉默地望著眼前一片空白的畫布。

她的臉上不見平時那種溫和笑容，看起來判若兩人。

看似感到迷惘，又好像按捺著某種情緒。

看似已經放棄了，又好像打算下定決心。

雛也忘了開口呼喚美櫻，只是盯著她的側臉出神。

儘管大腦對雛發出「裝作什麼都沒看到，然後馬上離開比較好」的警訊，她仍像是雙腳被緊緊固定在原地一般，完全無法動彈。

她同時察覺到，自己每眨一次眼，胸口便傳來陣陣獨特的灼熱痛楚。

（……跟戀雪學長一樣呢……）

每次擦肩而過的時候。在遠處的時候。近在眼前的時候。

雛所看到的戀雪，總是帶著和美櫻相同的眼神。

不對，不只是這兩個人。

雛回想起自己剛進入高中時，也曾看過眼神透露出熱度的蒼太。

那是心中戀慕著某人而點亮的火光。

是就算明白自己的心意無法得到回應，也不會因此熄滅的火光。

（聖奈學姊看起來明明那麼幸福呢……）

即將放暑假的那天，在上學途中瞥見的那張側臉，深深烙印在雛的眼底。

雛判斷聖奈一定也正喜歡著誰。

染上淡淡緋紅的雙頰，以及閃耀光芒的雙眼。

那正是會出現在連續劇和漫畫裡的「戀愛中的表情」。

愛情是苦澀又揪心的東西。

不過，應該不僅是如此而已。

和對方四目相接。比昨天聊得更多。喜歡的東西相同。

這些看似稀鬆平常的瞬間，卻能夠讓心跳加快，讓人陶醉在滿足之中。

理應是……這樣的東西才對。

「雛？妳在這種地方做什麼？」

突然聽到有人呼喚自己，雛連忙轉頭。

出現在眼前的人是蒼太。

count 4
～倒數4～

他揣著一疊厚度直逼字典的紙張，緩緩朝雛走來。

雛想起優之前曾經開心地表示「望太那傢伙，最近開始認真撰寫腳本了喔」一事，於是忍不住盯著他手中那疊紙看。

而蒼太似乎也察覺到她的視線，有些靦腆地將手中的東西藏到背後去。

「望太你呢？你怎麼會在這裡？」

「啊，嗯。我要去教職員辦公室一趟……咦，只有合田同學在……？」

不經意望向美術教室的蒼太眨了眨雙眼。

隨後，他突然沉默下來，露出略為苦惱的表情，最後還輕輕嘆了口氣。

雛莫名的……雖然只是莫名有這種感覺，不過……

她總覺得蒼太似乎明白美櫻露出那種眼神的理由。

「……那個啊……」

「能占用妳一點時間嗎？」

兩人幾乎在同一時間開口。

雛抬頭望向表情有些吃驚的蒼太，無語地點了點頭。

於是，蒼太臉上浮現不知該說是微笑或苦笑的反應，然後靜靜踏出步伐。

踏下一層階梯後，蒼太在教職員辦公室附近停下腳步。

西裝外套的下襬隨著他轉身的動作輕輕揚起。看起來有些內向，卻也十分具有親和力的笑容映入雛的視野。

剛才確實出現過的動搖反應，現在已經消失得一乾二淨了。

「雛，妳平常會看電影嗎？」

「呃？電影？」

雖然雛因為這個突如其來的問題而愣住，但蒼太仍帶著笑容繼續往下說：

「電影的類別有很多種，不過，我還是覺得愛情片最特別呢。」

count 4
~倒數4~

愛情片。
道出這個名詞的時候，圍繞著蒼太的氛圍變得不太一樣了。
雛裝作沒有察覺這個變化，以簡短的「所以呢？」回應他。
結果，蒼太仰頭望向天花板，彷彿在閱讀腳本上的台詞似的開口。
「戀情能不能開花結果——說穿了，重點只有這個吧？儘管如此，從過去就有很多人拍攝這類作品，也有很多人觀看……所以，這應該是個永遠能夠吸引人的題材吧。」
雛覺得好像有哪裡怪怪的。
蒼太表面上是在跟她聊愛情片，但實際上，他到底是在針對什麼發表感想呢？
為了看穿蒼太內心真正的想法，雛靜靜地凝視他，結果被蒼太以輕鬆的笑容帶過。
「我最近看的某部法國片裡頭，有一句讓我印象相當深刻的台詞。雖然讓自己心動的男性出現了，但女主角因為沒有勇氣，所以遲遲未能和對方面對面交談。這時候，住在同一棟公寓裡、一直從旁守護她的畫家老爺爺說了這麼一句話。」

感覺這個橋段似曾相識的雛輕輕「啊！」了一聲。

她之前好像在電視上看過。

雖然她已經不記得劇情的細節，但老爺爺說過的話，確實成為了女主角的助力。

（那時候，老爺爺對她說了什麼呢……？）

「老爺爺表示：『妳不是玻璃娃娃，妳可以用力擁抱生命。』也就是說，即使大膽地去衝撞，也不會因此碎裂。」

蒼太的嗓音像是算準了時間似的傳來。

讓視線在半空中游移了一會兒之後，他將原本藏在身後的那疊紙轉而夾在腋下。

「雛，妳是會把自己的想法直接了當地傳達給別人的類型吧？」

儘管不明白這些對話的用意，困惑的雛仍輕聲回應。

「……人家不擅長說謊嘛。」

不知道她的回應哪裡有趣了，蒼太笑著表示「我覺得這樣很好啊」。

「我有個認識的人習慣壓抑自己的感情。雖然好像是因為『就算說出口，也無法改變現況』這樣的理由，可是……那個人看起來果然還是很煎熬的樣子。」

蒼太這番話讓雛的心臟隱隱作痛。

不管有沒有將自己的感情表達出去，現況都不會因此而改變。

這正好道出了她本人的心境。

無論是否將心意傳達給戀雪，結局都早在一開始就註定好。

「我覺得那個人的說法確實沒有錯。不管說不說，之後八成都會後悔吧。只要自己不表態，站在對方的角度來看，就等於是『從未有過』的事情。」

雖然嘴上說得頭頭是道，但蒼太很明顯沒有打從內心接受這種說法。

雛無法表示同意或反對意見，只是豎耳傾聽著蒼太的發言。

「不過，失去目標的那份心意，可無法當成『從未有過』呢。」

說著，蒼太將視線轉往雛的身上。

那彷彿能看穿他人內心世界的筆直視線，讓雛的心臟重重抽動了一下。

雛隨即將視線移向地面，按著發疼的胸口，朝蒼太擠出問句。

「你……為什麼要對我……說這些……」

「嗯？我是在自言自語啊。」

最後，蒼太再次對雛笑了笑，接著便走向教職員辦公室。

被留下的雛說不出半句話，只能杵在原地。

然而，在毫無預警的情況下，蒼太又說著「啊，對了對了」然後轉過頭來。

「也有『甚至連猶豫要不要說出口的機會都沒有』的情況喔。」

「……咦？」

「就是對方去了很遠很遠的地方，遠到自己的聲音無法傳達過去。」

說完自己想說的話之後，蒼太便加快腳步。

雛瞥見他的耳朵後方微微發紅。或許蒼太本人此刻也湧現了「這真不像我的作風」、「我要什麼帥啊」之類的想法吧。

（望太到底是怎麼了啊？他說那是在自言自語，可是……）

再說，他為何會選在這個時間點說這些？

論契機的話，雛也只想得到蒼太剛才看見獨自留在美術教室裡頭的美櫻一事。

他果然知道美櫻臉上的表情意味著什麼嗎？

正當雛陷入沉思時，某個在走廊上奔跑的腳步聲打斷了她的思緒。

隨著腳步聲接近，一名男學生從轉角處衝了出來。

雛朝他的室內鞋瞄了一眼。紅色——是高三生。

count 4
～倒數4～

這位學長猛力拉開教職員辦公室的大門，漲紅著一張臉大聲問道：

「老師～！聽說我錄取了，這是真的嗎？」

「喔喔，你來啦！恭喜，對方表示願意錄用你喔。從明年春天開始你就是社會新鮮人啦。」

「……真的假的啊……太不妙了……我該怎麼辦啊……」

「還能怎麼辦？只能加油了不是嗎？真是太好了呢。」

身穿運動服的老師重重拍了拍學長的肩頭。後者感動到目泛淚光。

其他老師們也紛紛送上鼓掌或歡呼，辦公室裡頭一下熱鬧起來。

（這樣啊……也有已經找到工作的高三學長嗎？）

聽夏樹說，升學組的推薦入學名單也差不多定案了，現在正要進入書面審核的階段。

而決心參加大學入學考的優，最近常常直到深夜房間都還透出燈光。到了假日，他不是去上補習班，就是前往書店購買參考書，變得愈來愈像個準考生。

滴答。

腦中的秒針發出動作聲。

以往因雛一貫無視的行為而停止前進的秒針，似乎也已經撐到極限。

還剩下多少時間呢？

他們還能再次看著彼此說上幾次話？

（我……還是對學長一無所知啊……）

拚命念書，然後進入跟對方相同的高中就讀。

練習化妝，學會如何塗睫毛膏，也試著把護唇膏換成有潤色效果的。

她希望戀雪能看見不同於以往的自己。

不是同學的妹妹或學妹，她希望戀雪能將自己視為一個女孩子來看待。

（……可是，關於這點，學長也一樣。）

count 4
～倒數4～

希望喜歡的人能轉過頭來看著自己。
那個人甚至還為此改變了自己，讓雛不知道該用什麼樣的表情去面對他。
喜歡的人喜歡的對象，是自己以外的某個人。
在這種情況下，雛不明白該跟他說些什麼話才好。

（可是，我果然還是希望能和學長說話。）

要將這份心意坦率表達出去，還是埋藏在內心？
她一直、不斷為此苦惱著。
如果告白，就無法維持現在的狀況了。
曖昧不清、令人感到自在又心酸的這段關係將會崩壞。
然而，雛發現了。若是繼續逃避自己的感情，勉強自己忽略戀雪的身影，真正重要的東西就會從指縫之間溜走。

「這大概是老天爺要我們不能逃避吧。」

「對方去了很遠很遠的地方，遠到自己的聲音無法傳達過去。」

回想起那兩人說過的話之後，雛的胸口湧現令她坐立不安的熱度。

她緊抿雙唇，然後轉身。

接著以教室為目的地，一口氣踏著階梯往上衝。

要後悔的話，等到將心意傳達出去再來後悔吧。

如果開口，自己一定又只會說出一些不可愛的發言。所以，來寫信吧。

將所有思慕之情寫下，然後看著戀雪的雙眼，親手將這封信交給他。

（學長……戀雪學長……！）

＊＊　＊＊

count 4

～倒數4～

傳了一封「我還是先回去嘍」的簡訊給華子之後，雛開始挑戰寫信給戀雪。

雖然重寫好幾次，但最後總算是順利完成了。雛小心翼翼地將其放入信封。儘管這封信輕到隨時有可能被風吹走，她的雙手仍不停打顫。

（……原來告白是這麼令人緊張的事情啊。）

雛強忍著想要逃跑的衝動，於鞋箱所在的校舍玄關等待戀雪。

不知道像這樣等了多久之後——

被寂靜籠罩的校舍玄關，傳來某人步下階梯的聲音。

雛按捺不住焦急的情緒，移動原本倚著鞋箱的身體。

她往前踏出一步，發現那個熟悉的身影出現在視野之中。

「啊！學……」

雛將拿著信封的左手藏在身後，高舉起右手呼喚戀雪。

然而，她的呼喚在半途戛然而止，然後融入空氣當中。

因為戀雪的雙眼紅腫到連站在遠處的她都能發現。
感覺像是剛哭過一樣。

兩人四目相接的時間只維持了數秒。
戀雪隨即移開視線，嘴角勾勒出淺淺的笑容。

「我失戀了。」

戀雪搔了搔後頸，露出苦笑說道。
明明可以含糊帶過，但他卻直接了當地向雛道出這個事實。
這或許代表他相當信任雛吧。

（……可是，我現在無法坦率感到開心呢，學長……）
想到國中那段糟糕透頂的相遇，在分開兩年後，她還能被戀雪定位成「可以讓自己卸下心防的學妹」，或許算是相當幸運。

然而，如果不突破這樣的定位，不管過了多久，都只會讓同樣的情況再次上演。

「我喜歡你。」

在將準備好的書信交給對方之前，雛的嘴巴就擅自動了起來。
她的思考也因此瞬間停止，但心臟卻彷彿抓準這個機會似的暴動起來。
另一方面，戀雪則是吃驚地瞪大雙眼，杵在原地。

「呃……」

聽到戀雪帶著困惑的嗓音，雛這才回過神來。
他是否認為雛的那句「我喜歡你」，並不是對著自己說的呢？
或許他以為自己聽錯了也說不定。
雛讓顫抖不已的喉嚨動作，道出最關鍵的那句話。

「我喜歡你，學長。」

儘管嗓音聽起來很沙啞，但這句告白應該確實傳入了戀雪耳中。

這是她帶著破釜沉舟的決心，鼓起勇氣所選擇的字句。所以也不可能被對方誤會。

戀雪一動也不動地站在原地，彷彿被人當頭澆了一桶冷水。

最後，他看似在顫抖的唇瓣，吐露出令人出乎意料的回應。

「啊哈哈……妳不用這樣安慰我也沒關係喔。」

（安慰？什麼意思？）

為了鼓舞失戀的學長，善解人意的學妹說出恭維話來安慰他。

戀雪是這麼解讀她的告白嗎？

「謝謝妳。」

聽到戀雪像是為對話劃下休止符的道謝，雛不禁垂下頭來。

好不甘。好空虛。好傷心。好難受。

為了抑制感覺就要和淚水一同湧出的情感，她的雙手緊緊握拳。

在冰冷的掌心裡頭，信封發出被擠爛的聲響。

「……我……不是這個意思……」

儘管以細微的音量勉強擠出這句辯解，戀雪卻已經從眼前走過。

片刻後，從鞋箱裡取出樂福鞋的聲響傳來。

聽著來自背後的動作聲，雛用顫抖不已的手掩住嘴巴。

「瀨戶口學妹，妳也在天黑之前趕快回家比較好喔。」

她無法回應他。

現在出聲的話，就會被戀雪發現她在哭的事實。

（還是說，再跟他說一次「我喜歡你」會比較好……？）

一片混亂的腦中浮現這樣的想法。但在下一瞬間，雛隨即搖搖頭。

現在的戀雪，同樣是受到打擊的狀態。

「再見……」

戀雪道出最後的這句話，然後步出玄關處的大門。

聽著逐漸遠離的腳步聲，雛緩緩在原地蹲了下來。

（他……連告白的機會都沒有給我……）

想著已經無須再忍耐的她，任由淚水不斷湧出。

在模糊的視野中，雛看著被淚水沾濕而開始變形的信封，以及逐漸糊開的字跡。

count 4

~倒數4~

虎太朗像是刻意堵人的身影出現在校門口。
他將雙手插進褲子口袋，緊閉著雙唇看向雛。
雛早已沒了遮掩淚痕的力氣，只是茫然地回望他。

「回去嘍。」

虎太朗只道出了簡短的這句話。
他沒有詢問雛落淚的理由，也沒有像往常那樣出言調侃。
只是帶著像在忍耐什麼的表情，等待雛開口回應自己。

雛無語地點點頭，在虎太朗身旁邁開腳步。
雖然彼此沒有交談，但卻不可思議地感覺並不差。
兩人沒有像年幼時期那樣牽手，而是維持著一段伸出手就能觸及對方的距離，並肩走在被夕陽染紅的回家路上。

至於我在畢業典禮上哭出來的理由…… •••(>ω<;)

雖然是因為之後再也無法在學校見到

哥哥（瀨戶口優←這是我哥）和小夏，

但一想到戀雪學長也要畢業，我的眼淚就自然而然流出來……

自那天以來，我一直把我們的合照擺在房間裡。

升上高中後，學長依舊很溫柔，而且還剪了頭髮，變得很帥氣，

又超受歡迎，這件事也成了高一生熱烈討論的話題喔！

說實話，我有些嫉妒呢。

不過，就算從以前就開始憧憬，也沒什麼了不起。要將心意化做言語，

才能傳達出去。所以，我認為必須向學長傳達心意，寫下了這封信。

學長，我喜歡你。

雖然有點不可靠，卻也溫柔又堅強的學長。請讓我之後也繼續喜歡你吧。

雛

count 5 ~倒數5~

給戀雪學長

突然寫信給你，你應該很驚訝吧？

我能想像你吃驚的表情呢（汗）

我們是在國中時認識的呢。

你記得嗎？我現在都還記得喔。

當初，學長在我的打掃範圍打翻了垃圾桶呢！

那時不知道你是國三的學長，竟然還拿掃把追打你，真是對不起……

之後，每次我們視線交會，你都會跟我聊上幾句話。

對不是心儀對象的女孩露出那種笑容，恐怕不行喔……

但對我來說，這是非常令人開心的事。

因為很期待在學校見到你，所以每天都到處東張西望呢 ｃ(・ω・｀ミ彡´・ω・)ｃ

count 5 ～倒數5～

雛的視線總是穿越虎太朗而望向別處。
她的雙眼尋找的對象，是那個礙眼的傢伙。
無法讓雛轉過來望向自己，只能默默陪在她的身邊。
夏天，在公園外頭看到那傢伙和夏樹在一起時是如此。
兩個星期前，在校舍玄關看到她被那傢伙拒絕時也是。
在那之後，雛的一雙大眼睛再也不曾尋找過戀雪的身影。

* * * *

「噯，瀨戶口同學怎麼了呀？」

亞里紗像是刻意讓聲音和店裡播放的音樂融為一體似的開口。

（雛又怎樣了啦……是說，她幹嘛這樣偷偷摸摸地問啊？）

將手伸向油漆罐的虎太朗不解地轉頭望向她。

亞里紗用手遮掩著嘴巴，還不時環顧周遭。

這間位於車站附近的大型生活用品館，即使在平日的白天，同樣湧入了絡繹不絕的人潮。一旁的通路也佇立著其他客人。剛才在入口處，他們倆也曾經和櫻丘高中的學生擦肩而過。或許是因為這樣，亞里紗才會格外在意吧。

虎太朗猶豫了半晌，裝傻反問她「什麼怎麼了」。

「還問我什麼，你應該也發現了吧？她最近有點怪怪的呀。」

「有嗎？跟平常一樣吧？」

「哪裡一樣啦。看起來彷彿整個人在空轉耶。」

亞里紗死盯著班上男同學們字跡潦草不已的購物清單，然後篤定地回答。

話說回來，她一開始就是用「瀨戶口同學怎麼了呀」這樣的問句，亦即以「雛八成發生過什麼事」為前提打開話匣子。會自告奮勇來跑腿，還指名要虎太朗幫忙提東西，或許就是為了跟他討論這件事也說不定。

（總不能跟她說「雛現在的狀態已經算不錯了」嘛。）

雛為了戀雪而落淚的那天。

雖然虎太朗送她到家門口，但在一起走回家的這段期間，兩人一句話都沒有說。

至於「虎太朗為什麼會在校門口等著自己」這種理所當然的問題，雛也沒有過問。

（不過，要是她真的問了，我也很傷腦筋啦……）

那天，為了討論文化祭的活動，足球社召開了社團會議。

不過，因為擺攤賣章魚燒似乎是足球社的傳統，所以那天也只有簡單說明之後的流程以及分工合作的內容，會議沒多久就結束了。

（因為時間還早，我就繼續留在學校跑步……）

等到換上制服、準備回家的時候，虎太朗目睹了那一幕。

帶著一臉快要哭出來的表情的雛，在校舍玄關和戀雪面對面說話的光景。

那兩人的對話，虎太朗並沒有從頭聽起。

然而，他可以斷言，戀雪對雛說出的那句話，絕對是糟糕透頂的發言。

「我喜歡你，學長。」

「啊哈哈……妳不用這樣安慰我也沒關係喔。」

聽到戀雪這樣的回應，虎太朗簡直想一個箭步衝到那兩人的面前。

他想揪住戀雪的衣領怒吼「你開什麼玩笑啊」。

實際上，虎太朗確實踏出了一步，但戀雪接下來說出口的話，卻又削弱他衝上前的念頭。

「謝謝妳。」

這完完全全是會錯意的反應。
不過，虎太朗也因此察覺到戀雪是真的誤會了。
他不是想用那句話打發雛的告白，而是真心以為雛只是在安慰自己。

「……我……不是這個意思……」

紙張被揉爛的聲音，跟雛的低語同時傳來。
但這些或許都沒能傳入戀雪耳中吧。他沒有做出任何回應。
（現在想想，那傢伙的樣子看起來也怪怪的……）
戀雪那時的眼神感覺很空洞，最重要的是，那不像是「平常」的他。
若是平常的戀雪，應該不會單方面認定雛是在安慰自己，而會認真傾聽對方的發言。
說不定，他遭遇到什麼讓自己大受打擊的事情了。
（可是，雛也受傷了啊……）
從那天開始，雛很明顯地失去了活力。

之前遇到優時，虎太朗裝出若無其事的態度向他打聽，並得知雛待在家裡時似乎也是這種感覺。

雖然不想這麼說，但很不湊巧的是，夏樹和優也在這段期間開始交往了。不難想像，這件事應該也為雛帶來了很大的影響。

（畢竟，雛的戀兄情結比她自己想的還要更嚴重啊……）

思考至此，虎太朗不禁「啊！」地叫出聲。

讓戀雪受到重挫的，應該就是夏樹和優開始交往一事吧？

從時間上來看相當合理，也是極有可能發生的事情。

「你在『啊！』什麼啦。果然還是知道什麼隱情嗎？」

「……不，就跟妳說我沒有……」

「喔。麻煩死了，就當作是這樣吧。」

不同於她的發言，亞里紗的嗓音透露出一絲擔憂。

虎太朗明白她並非基於好玩的心態打聽這些，也知道她不是在尋找雛的弱點。

不過，就算這樣，也不代表虎太朗可以把實情一五一十地說出來。他推著變得相當沉重的推車，再次喃喃表示「我真的不知情啦」。

「不知道原因的話，不會讓人更擔心嗎？」

小跑步追上來的亞里紗繼續展開質問攻勢。

看樣子，在得到令人滿意的答案之前，她恐怕不會善罷干休。於是虎太朗半開玩笑地祭出優的名諱。

「不要緊啦。她還有個戀妹情結的哥哥呢。」

「噢，你說那個長得很帥的……」

亞里紗終於老實地閉上了嘴巴。看來她果然知道優這號人物。

數度在全校集會時受到表揚的電影研究社社長、高人一等的身高，以及超過一般水準的外貌。

再加上頗具親和力的個性，讓優以「倍受女孩們憧憬的學長」這樣的形象聞名。

「可是，你多少也能當她的沙包吧，榎本同學？」
「啥？什麼跟什麼啊？」
「你說瀨戶口同學的哥哥有戀妹情結，但身為妹妹的她，同樣也有戀兄情結啊。這樣一來，我覺得說不定無法宣洩壓力呢。」
「……高見澤，拜託妳說日文好嗎？」
虎太朗並沒有挖苦的意思，而是認真這麼問。但這反而更糟糕。
亞里紗鄙夷地嘆了一口氣，然後對他投以懷疑的視線。
「我～是～說～瀨戶口同學需要一個能讓她盡情出氣的存在啦！」
又喊了一句「就只是這樣而已」之後，亞里紗突然別過臉去。
或許是因為在店裡高分貝吶喊，讓她一下子覺得難為情了吧。
（什麼啦，又不是我的錯……）
虎太朗在內心暗自抱怨，然後集中精神推動手推車。
雖然不太明白亞里紗想要表達什麼，但說得簡單點，或許就是要虎太朗別把所有責任都丟給優，自己也該主動去找雛這樣？

（嗯？是說，這是……）

為了雛，虎太朗理應也有自己能做到的事情。

應該說，有些事是專屬於他的任務。

這或許就是亞里紗想說的吧。

想通了之後，虎太朗的腳步自然而然停下來，笑意也從內心湧現。

聽到他的笑聲，走在前方的亞里紗跟著停下步伐。

「……幹嘛？」

「妳也真不坦率呢，高見澤。」

「啥？你……你這是什麼意思呀！」

原本只是回頭望向虎太朗的亞里紗，現在整個人轉過身來。

她的雙頰和耳朵一瞬間變得通紅。

「噢，就是字面上的意思啊。妳很擔心雛吧？」

count 5
～倒數5～

「才……才沒有這回事！我只是……」

亞里紗垂下頭來，緊緊揪住自己的裙襬。

或許是接下來的發言令人難以啟齒吧，她猶豫地張開嘴，然後再次閉上。

重複幾次這樣的動作後，她露出一如往常的自信笑容表示：

「我只是覺得，如果瀨戶口同學變得太安分，我就失去一個較勁的對象了。」

這句話想必不是在說謊吧。

然而，就算是經常被調侃成呆頭鵝的虎太朗，也能明白這句發言並不是全部。

（她果然很不坦率嘛。）

虎太朗強忍著笑意，仰頭望向天花板。

像是雙肩緊繃的力道消失，又像是卡住的腦袋慢慢放鬆下來。

「這週末，我會到雛的家裡去露個臉。」

「話雖這麼說，但也只是到隔壁家去而已嘛。今天就過去呀。」

「笨蛋，這種事得講求理想的時間點好嗎？」

「根本是藉口～」

「囉唆！我就變成世界第一……不，宇宙第一的沙包給妳看！」

「噢，你加油。」

「嗯，交給我吧！」

看到虎太朗做出彎曲雙臂的握拳動作後，原本一臉無言表情的亞里紗不禁噴笑出來。

比起在教室裡時總是故作高傲的那副模樣，亞里紗現在的表情更自然，也更像她自己。

（如果她一直都是這種感覺，應該會跟雛更合得來吧。）

下次有機會的話，就若無其事地試著跟雛說這件事吧。

虎太朗在內心這麼想著，然後跟在亞里紗後頭，朝收銀台的長長人龍靠近。

＊＊ ＊＊

速。

到了週末，虎太朗一如之前的宣言內容，前往造訪雛的住家。

事到如今，明明已經沒什麼好緊張的了，但光是站在她家大門前，便讓虎太朗心跳加速。

（可惡，別這麼膽小啊……）

一起外出跑腿時，亞里紗質問他「難道你不擔心雛嗎」。

儘管虎太朗那時以打太極的方式回應，不過，他的真心話是「我當然擔心啦」。

只是，他實在提不起勁。

（……會讓雛哭成那樣的，就只有跟那傢伙相關的事情了……）

雛像個孩子般放聲大哭的模樣，他至今已經看過好幾次。

在國中時期，目送身為畢業生的戀雪離開學校時，她也曾嚎啕大哭。

然而，一如暑假時在公園外頭的情況，這次雛的反應有點不同。

明明應該難過、傷心不已，她卻持續壓抑著自己的聲音。
除了偶爾發出痛苦的哽咽聲，她總是靜靜地任憑斗大的淚珠滾落。
不知該對雛說些什麼才好，讓虎太朗相當挫折。
送雛回家之後，虎太朗仍十分在意她的狀況，卻又不知道該露出什麼樣的表情去找她。
在他猶豫不決的時候，時間仍不斷流逝，然後就到了今天。
不過，答案最後卻在令人意外的地方出現。
（用不著擺出什麼奇怪的防禦架勢，徹底當個沙包就行了吧。）
帶著有些笨拙的亞里紗的那份心意，虎太朗伸出手，準備按下雛的家門外的電鈴。
但在按下去之前，大門便微微打開了。
虎太朗從門縫中看見了優的衣袖。他似乎是在等待誰，遲遲沒有從裡頭走出來。
正打算開口的瞬間，兩人的腳步聲傳來。

「哥哥～等我一下啦～」

「我已經等了十分鐘了。快點穿上鞋子……」

「啊，嗳！你覺得穿皮靴還是雪靴比較好？」

「我哪知道啊！穿妳喜歡的那雙就好啦。」

「人家兩雙都喜歡嘛！我是在問你哪一雙比較適合我啦。」

雖然虎太郎所站的位置看不到雛的表情，但她現在想必是雙手扠腰，鼓起臉頰的模樣吧。

（什麼啊。雛那傢伙不是很有精神嗎？）

從對話聽來，兄妹倆或許是要一起出門吧。

這樣的話，或許還是改天再來拜訪比較好。

虎太朗打算在被發現之前轉身離開時，大門突然猛地打開。

「哥哥，謝謝你！」

「唔喔！」

聽到突然傳來的呻吟聲，虎太朗反射性地轉過頭。
被雛整個人從後方撲上來的優，在磁磚地上踉蹌了幾步。
身體無法維持平衡的他，眼看雙腳開始站不穩。

（危險啊……！）

在虎太朗連忙趕過去的下一刻，「咕呃！」和「哇啊！」的慘叫聲迴盪在四周。
他咬住下唇，想著自己應該要早一步衝上前的時候，一個悠哉的嗓音傳來。

「啊哈哈，對不起～」
「如果覺得自己有錯，就請妳趕快下來吧。」
「真可惜。人家好久沒有讓哥哥揹了呢～」
「不不不，妳只是把我當成肉墊才對吧！」

count 5
～倒數5～

（看起來……應該不要緊……？）

或許是有在跌倒前一刻做出防禦動作的緣故，優並沒有表示身體哪裡痛。

而趴在他身上的雛似乎也沒有受到衝擊，說話嗓音聽起來很活潑。

在虎太朗鬆了一口氣的時候，他和從原地爬起身的優四目相接。

「咦，虎太朗？」

看著雛一臉「你為什麼在這裡啊」的表情，虎太朗揚起單邊嘴角開口：

「嗚哇～……還是老樣子，戀兄情結好嚴重啊。」

「什麼嘛，你才有戀姊情結呢！」

「笨蛋，我才沒有！是什麼讓妳做出這種結論的啊。」

反射性地回嘴之後，虎太朗因內心湧現的懷念之情而瞇起雙眼。

他已經很久沒有這樣跟雛輕鬆自在地鬥嘴了。

不對，維持兩星期左右的空白，或許不能算是「很久」吧。

然而，對虎太朗而言，這是讓他不願再次體驗的一段時光。
（畢竟，像這樣明明沒有吵架，卻幾乎沒跟對方說上話的狀況，至今從來沒發生過啊……）

虎太朗百感交集地望向雛，但後者似乎陷入了沉思。
她雙手抱胸，腦袋一下歪向右邊，一下歪向左邊，還持續發出呻吟。
最後，她似乎想出答案了，開始自顧自地唸著「果然是這樣」。

「什……什麼啦……？」
「我回想了一下過去的點點滴滴，然後認為你果然有戀姊情結呢，虎太朗。」
「……啥？」
「不用再隱瞞了啦。不要緊，對自己更有自信吧！」
「我沒有隱瞞，更沒有戀姊情結啦！」
雛到底有沒有把自己說的話聽進去？

彷彿剛才的抗議無效一般，雛扯了扯帶著傻眼表情杵在原地的優的手臂，然後在他的耳邊悄聲說著「虎太朗真的很不坦率吧？」之類的話。

（我有聽到耶！是說，她根本是故意的吧？）

朝虎太朗吐舌扮鬼臉的雛，完全是那個平常的她。

「真是的，什麼跟什麼啊……因為妳好像很沮喪，所以我才打算特地過來安慰妳的耶。」

故意踢出一記直球之後，雛如預料地馬上出聲反擊。

「啥……啥？我才沒有沮喪呢～！」

「明明眼睛跟鼻子都紅通通的……」

「並沒有～」

儘管露出被虎太朗說中的心虛表情，雛仍持續抵抗。

而虎太朗也莫名有種樂在其中的感覺，忍不住以幼稚的發言對應。

「就是有。」

「人家都說沒有了嘛！」

「就是有！」

感覺這樣的鬥嘴會永遠持續下去的時候，一個輕輕的噴笑聲從旁邊傳來。

看到虎太朗和雛同時轉頭望向自己，優像是再也忍不住似的笑出聲來。

「你們還是老樣子，感情真好呢。」

「哪裡好呀！」

「哪裡好了啊！」

「就是這種地方啊。」

只是剛好同時講出一樣的話而已啊。

原本想這麼回嘴，但虎太朗實際說出口的，卻是完全不同的一句話。

「不過，既然能這樣大聲嚷嚷，就代表沒事了吧。」

「咦……」

畢竟開口的本人都覺得意外不已，所以雛一定也吃了一驚吧。

她愣愣地張開嘴，任憑視線在半空中游移片刻後，露出有如花朵綻放般的笑容。

（嗯，妳果然適合像那樣笑。）

雛的視線總是穿越虎太朗而望向別處。

然而，不可思議的是，儘管如此，他仍不曾想過要放棄在後方追逐她的身影。

這麼做，或許也包含著賭氣的成分吧。

但現在不一樣。

虎太朗討厭看到雛哭泣。

更討厭雛在自己不知情的時候哭泣。

他發現了會湧現這種想法的自己。

（……在中場休息過後，妳可要做好覺悟啊。）

＊＊ ＊＊

距離文化祭只剩下一星期的現在，校內的氣氛變得更熱鬧了。

儘管大部分的高三生都在教室裡聆聽上午的課程，只剩高一、高二的學生在準備，但眾人仍是活力百倍的樣子，彷彿作業人數從未減少過。

而雛的班級也不例外。隨著日子一天天過去，鬼屋也不斷擴張、改建。

「對了，妳有聽說嗎？男生他們好像真的打算做史萊姆呢。」

「咦咦～？當初不是說用蒟蒻就可以了嗎……」

聽到一臉厭煩的雛道出這個消息，華子不禁表示「我頭好痛」，然後用手按住自己的太陽穴。

有幹勁固然很好，但他們做事幾乎毫無計畫性可言。

就像現在也是。光是掛上跟文化祭執行委員會申請來的遮光布幔，並不足以讓整個教室徹底暗下來——在赫然察覺這一點之後，雛和華子只好臨時在校內四處奔走，想辦法借來更多的布幔。

「唉唉～感覺咖啡廳完全變成附屬品了。」

看到華子無力垂下雙肩的模樣，雛也點頭表示同意。

「根本變成不一樣的東西了嘛。哪有人會在點著紫外線燈的地方吃蛋糕啊……」

「啊哈哈……回過頭來看，這種嶄新之處或許會變成賣點？」

這樣一來，就算說一開始的班會提議是「把鬼屋跟咖啡廳結合在一起感覺好像不錯？感覺很有趣」，客人恐怕也都不會相信吧。

在男生們開始講究內部裝潢的細節時，情況就變得有點詭異了，等到女生們企圖修正整體的方向，早就為時已晚。現在，雙方的立場彷彿徹底逆轉了。

身為文化祭執行委員的華子，最後也只能露出望向遠方的眼神笑著。

「是說，做出來的東西跟企畫書的內容差那麼多，學生會的人會核准嗎？」

「嗯……嗯～……應該……大概可以……」

看著再次發出「啊哈哈」乾笑聲的好友，雛用肩膀輕輕撞了她一下。

她其實是想幫華子揉揉肩膀，但無奈的是，沉重的遮光布幔正掛在自己的雙手上。

對方也同樣用肩膀輕輕撞回來，然後露出無力的笑容。

「辛苦嘍～田徑社的事前準備都已經做得差不多了，如果有我能幫忙的地方，就儘管說吧。」

「……其他的事情也不要緊了嗎？」

華子以曖昧的表達方式這麼問道。

不只是這次，在雛的心情好轉之前，她一直都是如此。

從沒跟自己一起回家的那天開始，雛就很沒精神。這是為什麼？

變得絕口不提戀雪，也不再靠近花圃。這又是為什麼？

count 5
~倒數5~

或許還有其他令她在意的地方，但華子都沒有深入追問雛。
這樣的溫柔，讓雛覺得很感激，也有幾分過意不去。
然而雛仍然什麼都說不出口，結果就這麼到了現在。

「嗯，不要緊了。謝謝妳。」

雛並非是在逞強，只是自然而然變得能夠這麼想了。
就算失戀了，同樣會肚子餓，到了晚上也會萌生睡意。
停留在原地的期間，時光仍舊不斷飛逝。每經過一秒，那天的事情就會變成更過去的回憶。
不過，在摸索記憶時，仍會讓人隱隱作痛就是了。

「喂~！雛、花子，妳們很慢耶~」

教室大門打開後，身穿運動服的虎太朗跟著探出頭來。

或許是因為教室的內部裝潢漸入佳境，所以他才脫下制服而換上運動服吧。話雖如此，但虎太朗也只有上半身換成運動服，而且還把袖子捲高到肩膀的位置。

距離文化祭正式開幕明明還有幾天，他卻已經一副準備參加祭典的模樣。

「我說啊，不是花子，是華子！要講幾次你才會記得呀？而且，你居然還嫌我們『很慢』！想借到這麼多布幔，可是很不容易耶。」

雛緊接著華子再中肯不過的抗議開口。

「就是啊，遮光布幔的爭奪戰應該早在上星期就結束……」

原本想要說出口的話語，突然消失在喉嚨深處。

因為，在映入視野一角的窗外，她看到了那個熟悉不已的背影。

（戀雪學長……）

雛一眼就看出來了。

至今，目光一直不斷追尋著他的她，絕不可能會看錯。

「那麼在意的話，就過去找他啊。」

虎太朗的聲音從很近的地方傳來。

下一瞬間，當雛回過神來的時候，虎太朗已經從她手上拿走了布幔。

到底發生什麼事了？

看著無法理解現況而杵在原地的雛，虎太朗再次開口表示：

「如果放任那傢伙一個人，他又會把事情搞砸了吧？」

雛原本以為是自己聽錯了，但那道俯視著她的視線，透露出彷彿在質問「妳不過去？」的感覺。

迷惘了片刻後，雛輕輕點頭。

「……抱歉，華子。」

「別在意、別在意！妳慢走喲。」

華子帶著笑容的回應，讓雛覺得自己彷彿從背後被她推了一把。
最後，她抬頭瞄了虎太朗一眼，和後者像是在說「真拿妳沒辦法」的眼神對上。
雛再次點點頭，接著便衝向校舍玄關。

（是好久不見的戀雪學長呢……）
自從沒能把情書交給他的那天以來，雛便沒再和戀雪說過話。
除了雛本人避不見面的行為以外，戀雪也不再像以往那樣主動和她攀談，兩人的視線也不再交集。
（因為我很明顯躲著他，所以戀雪學長也變得有所顧慮吧。）

其實，在這一刻，雛也很想放棄開口呼喚戀雪，而直接轉身離開。
她的掌心不斷滲出汗水，雙腿也直打顫。
如果沒有繼續做出什麼行為，至少，她就不會被戀雪討厭。
既然這樣，乾脆——

count 5

～倒數5～

（可是，這麼做的話，就不會有任何改變……）

她讓優為自己擔心了。

雖然嘴巴很壞，虎太朗也總是會來探望她。

華子、夏樹和春輝等人也是。

倘若不是自己想太多，或許，其實連戀雪都擔心著她吧。

（……這次，輪到我主動開口了。）

「那個！」

原本蹲在中庭的花圃旁的戀雪，肩膀猛地抽動了一下。

再一次。這次要確實叫他的名字。

「戀雪……學長……」

明明在內心呼喚過無數次，然而，真正開口的時候，嗓音卻止不住顫抖。

戀雪沒有出聲回應她。

只是讓雙肩靜靜隨著呼吸起伏，然後才緩緩轉過頭來。

「我聽說……園藝社這次也要參加文化祭……相關的準備工作……都完成了嗎？」

儘管有些吞吞吐吐，但雛仍把事先想好的問題確實說出口了。

她為此鬆了一口氣，然後在原地默默等待戀雪的回應。

相較之下，原本一臉吃驚的戀雪，隨即朝她展露笑容。

「因為是靜態的展覽，所以準備工作幾乎都已經完成了。諸如將種在土裡的花卉弄成插花、展示花圃的照片，還有花語和栽培方式的介紹等等……」

「這些工作都是你一個人完成的嗎？」

「不，是跟社員一起弄的。其實，有三名高二生正式加入園藝社了呢。」

「咦……」

我怎麼都沒聽說！是什麼樣的人呢？

差點一時衝動而這麼吶喊出聲的雛，連忙搖了搖頭。

戀雪至今的努力好不容易獲得認同了，現在可不是讓不知情的她感嘆寂寞的時候。

雛用略為僵硬的表情勉強擠出笑容，對戀雪說道：

「好……好厲害～你成功了呢，學長。」

「我真心覺得很感激呢。或許是我招募社員的方式太不得要領，讓他們看不下去了吧。」

「怎麼會呢！我認為絕對沒有這種事。」

聽到雛突然提高音量的發言，戀雪原本搔著臉頰的手指瞬間止住動作。

雛竭盡全力道出自身的想法。

「因為你一直都是自己努力過來的啊。我認為那些高二的學長一定是看到戀雪學長努力的樣子，才會加入社團。」

「……如果是這樣，我會覺得很開心呢。」

戀雪有些靦腆地笑了。

第一次在這麼接近的距離下目睹的表情，讓雛的心跳猛然加速。

像這樣只會在夏樹面前展露的笑臉，是雛以為今後也不會改變的。

然而，現在的戀雪因她的發言而笑了。

（……我為什麼……為什麼沒能發現呢？）

如果能早點像這樣跟戀雪攀談就好了。

如果能直直望著他的雙眼，將自己的想法坦率表達出去就好了。

「不過……」

一個平靜的嗓音傳入杵在原地的雛的耳中。

她有些茫然地抬起視線，發現帶著堅毅表情的戀雪出現在眼前。

「只有三名高二生留在社團的話，園藝社明年恐怕還是無法免去廢社的命運……我想透過文化祭盡量宣傳，爭取更多人入社。」

「……我想，願意加入社團的人一定會蜂擁而至喔。」

「這個嘛……倘若真是如此，確實會讓人很開心呢。」

儘管雛試著讓自己的發言聽起來不像是恭維話，但戀雪的回應卻相當冷靜。

「不會有問題的！」

雛再次確實望著戀雪的眼睛開口。

戀雪以微笑回應她，然後又像是想起什麼似的說道：

「啊……不過，那幾名高二的社員有說想舉辦入社考試和面試，所以並不是每個想入社的人都能加入。這部分我打算做得嚴格一點。」

這麼宣言的戀雪，看上去十分有社長的架勢。

（總覺得戀雪學長變得不像戀雪學長了呢。）

「感覺……會不會不像我的作風？」

彷彿看穿了雛的內心想法的這句話，讓她不禁「咦」地輕輕驚叫一聲。

戀雪露出有些難為情的表情表示「我最近常被這麼說呢」。

「對於自己正在做不習慣的事這點，我也有所自覺。可是，在最後的這段期間，我希望能做一些社長該做的事情。」

這麼表示的戀雪，表情在下一刻變得極為認真。

「因為，我希望能讓真心喜愛花草的人來接手這個社團。」

（學長他真的改變了……）

他改變自己的外貌，變得會積極向身邊的人打招呼。

光是這樣就很了不起了，戀雪卻仍繼續一步步地大幅向前邁進。

兩年後，雛也能露出像他這麼燦爛的笑容嗎？

「……我會聲援你的。」

「謝謝妳。」

竭盡力氣表達出來的這句話，戀雪確實接收了。

雛強忍著幾乎要湧出的淚水，無語地點點頭。

儘管胸口的痛楚仍未消失，但現在或許維持這樣就好了。

總有一天，能打從內心展露笑容的日子會再次到來。

雛帶著幾乎能如此斷言的預感，凝視著花圃中盛開的黃色小花。

返回校舍玄關時，雛遇上剛好路過的虎太朗。

他抱著紙箱，手上還掛著紙袋。

裡頭裝著封箱膠帶、全開圖畫紙和油漆罐等等，不管怎麼看，都是用來加強教室內部裝潢的物資。

「……還要繼續啊？」

「對啊～難得有這個機會，我們打算以摘下全校ＭＶＰ為目標。」

「ＭＶＰ？你們還真是有雄心壯志耶……」

說著，雛將雙手伸向虎太朗懷裡的紙箱。

後者愣在原地，吃驚地問著：「妳……妳幹嘛啊。」

「給我吧。我幫你拿一個。」

「……那這個就拜託妳了。」

他遞給雛的，是裝著全開圖畫紙的紙袋。

這個紙袋實際的重量遠超過看起來的感覺，接過它的雛因此微微失去平衡。

「喂……喂，妳要不要緊啊？」

「這點東西我提得動啦～」

如此掛保證之後，雛便迅速踏出腳步。不過，她的內心其實掀起了一陣小小的騷動。

對方是虎太朗，所以想必是把手中最輕的東西交給她吧。

儘管如此，自己卻還是在接過紙袋的瞬間踉蹌了一下，還覺得這袋東西重得要命。

（虎太朗也是個男孩子嘛。呃，嗯，雖然我早就知道了。）

基於青梅竹馬這種過於靠近的距離，至今，雛並沒有特別意識到這一點。

在她的心中，虎太朗就只是住在隔壁的「榎本虎太朗」而已。

不知從何時開始，他們不再因為吵架而扭打成一團，變成只是你來我往地鬥嘴。

所以，雛從來沒察覺兩人的力氣大小已經出現差異，也沒發現虎太朗其實處處讓著她。

（站在男孩子的立場，這或許是理所當然的事情啦。可是……）

總覺得他太得意忘形了。明明只是虎太朗耶。

這樣的想法宛如沸騰的開水般湧出，於是雛加快了前進的腳步。

然而，虎太朗輕而易舉地跟上了她的速度，若無其事地和她並肩同行。

雛帶著類似遷怒的心情，怒瞪比自己高出一點的那張側臉，結果虎太朗喃喃開口了。

「那傢伙不要緊嗎？」

「嗯，他很開心地跟我說有三個高二生入社的事情喔。」

虎太朗的語氣聽來很平淡，所以，雛也沒有過度緊繃，而可以自然地回答他。

「也就是說，只要再多兩個人加入，園藝社明年就能繼續留下來嘍。」

不過，戀雪明年就不在櫻丘高中了。

光是想像，雛的胸口便感受到陣陣刺痛，但她仍平靜地回以「對啊」。

「他說會舉行入社考試，所以還必須通過考試才能加入呢。」

「要是體力方面的測試，妳應該馬上就能通過了說。總之，妳就好好念書準備吧。」

「……啥？」

虎太朗轉頭望向不禁停下腳步的雛，笑著朝她問道：

「妳會去參加入社考試對吧？」

為何虎太朗能夠胸有成竹地這麼斷言？

其實，雛完全沒想過這回事。

直到他提起的這一刻為止。

「……你那是什麼表情啊，真令人不爽。」

「哈哈！因為被我說中了，所以開始鬧彆扭啦？」

「才不是這樣呢。」

就像高中入學典禮那天的早上一樣，雛像是參加競走似的走在虎太朗旁邊。

雖然很多人事物都已經不同於那時候，但不變的是，在她身旁的人依然是虎太朗。

不知為何，這讓雛有種放心的感覺。

（沒辦法啊，畢竟我們是孽緣嘛。）

湧現這種想法的下一刻，雛突然覺得整個身子變得輕盈不少。

她踏著輕快的腳步，在愈變愈熱鬧的走廊上繼續前進。

＊＊　＊＊

count 5
～倒數5～

後天就是文化祭了。因此，即使到了放學後，校內仍是一片混亂的狀態。

除了大家都在趕著做最後準備以外，天氣突然轉壞也是原因之一。

今天，文化祭執行委員會的成員和其他過來幫忙的運動社團，原本預定將各個攤販用的帳棚移往他處，結果也只能延後到明天。

並且直到前一刻，學校終於發出要求所有人離校返家的指示。

也開始收拾東西準備回家的雛，總有種心不在焉的感覺。

雖然教室的內部裝潢幾乎已經完工，但諸如當天的情境模擬之類的練習，他們都未能進行。就這樣回去的話，令人忍不住擔心到底來不來得及。

「不知道明天會不會放晴……？」

「沒放晴就傷腦筋了～！除了要把食材搬進來，還得完成今天沒能趕完的工作……」

華子雙手抱頭，頂著一張蒼白的臉不停叨唸著。

「哎……哎呀，只要當天放晴就沒問題了嘛！」

雛忙著開口安慰她的同時，玻璃窗突然傳來一陣「磅」的巨響。

「哇！剛才那是什麼聲音？」

「外面風很大，或許是把什麼東西掃到窗戶上了吧……」

count 5
～倒數5～

雛小心翼翼地確認窗戶外頭的狀況，發現感覺快被吹斷的樹枝在風中無力地搖晃。
（嗚哇啊，簡直像是颱風過境……）
以僵硬的表情看著窗外的時候，從天空落下的豆大雨點開始敲打玻璃窗。
「繼狂風之後，緊接著是暴雨嗎……不知道還有沒有公車？」
聽著華子透露出擔憂的嗓音，雛再次望向外頭。
下起雨之後，視線也跟著變糟，讓她無法從這裡確認花圃的狀況。
「妳不會是想要過去看花圃的情況吧？」
「……那個啊……」
被一語道破的雛不禁語塞。
隨後，華子看似有些無奈地聳聳肩，然後伸手指向教室一角。
雛不解地朝她所指的方向望去，發現地上有個裝著雨衣的袋子。
「那件是因為尺寸不合所以多出來的，妳拿去用吧。我想妳應該穿得下。」

「……可以嗎，華子……？」

「如果覺得可能有危險，就趕快回到校舍來。沒問題吧？一定要這麼做喔。」

「嗯，我答應妳。」

雛用力摟了華子一下，便拿著雨衣從教室飛奔出去。

她並非園藝社的成員，而這也不是一定得由她來做的工作。

（可是，我都說過要聲援戀雪學長了……！）

早在文化祭的前一週，戀雪便表示展覽的準備工作大致上都完成了。所以，他現在已經返家的可能性相當高。

如果其他社員剛好也忙著進行撤收作業，沒能趕過去關照花圃的話？

雛的內心湧現十分不祥的預感。

她在校舍玄關套上雨衣，直奔位於中庭的花圃所在處。

雖然視野因傾盆大雨和狂風而變得模糊不堪，但雛總算抵達了花圃附近。

她的預感完全命中了。出現在眼前的是一片相當悽慘的光景。

「糟糕，戀雪學長辛苦栽培的花……！」

前幾天還盛開得十分動人的黃色小花，現在已被強風連根吹起。一部分的圍籬被崩落的泥土壓垮了，沒能發揮原本的功用。

雛馬上在原地蹲下來，並將手伸向花圃。

變成爛泥的土壤滲進指甲的縫隙之中。

雨衣的帽子部分被強風掀開，豆大的雨點直接落在身上，甚至令人覺得有點痛。

儘管如此，雛仍然聚精會神地將散落的花苗連根撿起，並將圍籬重新安置好。

「這樣，急救措施算是完成了吧……」

不過，如果繼續被這樣的風雨摧殘下去，花圃一定又會變得狼狽不堪。

count 5
～倒數5～

正當雛感到束手無策時，她赫然發現周遭相當安靜。
雖然雨聲隨即再次傳來，但不知為何，雛沒有被淋濕。

（難道是……戀雪學長？）

感覺呼吸困難的她，帶著既開心又想哭的心情轉頭一望。
然而，站在她身後的人是虎太朗。

「虎太朗……為什麼……」
「因為有個雞婆的傢伙臉色蒼白地要我過來啊。」
「你不要這樣說華子啦。」
「啥？不是啦，是高見澤。」
「咦……」
看到雛因為這個出乎意料的名字而啞然的反應，虎太朗露出不太像他的苦笑。
「如果那傢伙也一起過來就好了。」

像是自言自語般這麼說道之後，虎太朗揪住雛的手腕。

在雛為他掌心的熱度感到吃驚時，對方隨即發出怒吼。

「妳的手怎麼變得這麼冰啊！」

「嗯，我也嚇到了。」

「啥？變成這樣自己都沒發現喔？妳到底有多呆啊。」

雛無法反駁，只能笑著回答「就是啊」。

下一瞬間，在「嘖」的一聲之後，虎太朗拉著雛起身。

還來不及感到訝異，雛便被他緊緊擁進懷裡。

不可思議的是，她沒有心跳加速的感覺。

不過，虎太朗的心跳聲卻異常響亮，讓雛的呼吸不禁跟著變快。

「……一直維持這樣的話，你也會感冒喔。」

count 5
～倒數5～

「我是笨蛋，所以不會感冒。」

虎太朗平淡的嗓音，感覺是從很近的地方傳過來的。

因為個性不夠坦率，所以，每次擔心雛的時候，他總是這副德性。

雛沒有道歉，而是伸手輕輕拍了拍虎太朗的背。

像是在告訴他自己已經沒事了一般。

回到校舍玄關處時，雛和虎太朗遇到幾個手上拿著水桶和鏟子的男學生。

虎太朗似乎認識這幾個人，還朝他們鞠躬致意。

雛朝他們的腳下瞄了一眼，這三人都穿著藍色的室內鞋，所以是高二生。

（咦？我好像在哪裡看過這個人……）

在雛回想起來之前，虎太朗先開口報告了花圃的狀況。

「七瀨學長，你辛苦了。圍籬果然毀損了，花苗也從土裡被沖出來。」

「是嗎……謝嘍。總之，我們先去把還能救活的花苗整理一下再說。」

「啊，那我也一起去。」

「沒關係、沒關係。我們有三個人啊。」

「沒錯沒錯。比起這個，你怎能丟下這種狀態的瀨戶口學妹一個人呢？」

聽到突如其來的指名，讓雛的肩頭吃驚地抽搐了一下。

他們知道自己的名字，就代表這些人應該跟她有什麼關連。

（可是，到底是什麼關連啊……？是哥哥認識的人？還是我們以前就讀同一所國中？）

在雛不解地呻吟的時候，三個人已經衝向外頭的花圃了。

留在原地的虎太朗，則是拉著她的手往前走。

「咦，我們要去哪裡啊？」

「保健室。那裡應該有毛巾能用。」

「啊，這麼說也是……」

不同於思考完全停滯的雛，虎太朗的動作十分靈活。

可能是出去巡視校園了吧，保健室裡頭看不到校醫的身影。

不過，校醫或許是預料到會有像雛和虎太朗這樣的學生造訪保健室，所以在入口附近的桌子上堆放了如山積的毛巾。

雛將一條毛巾鋪在沙發上，又拿了一條裹住自己的身體。

（太好了，指尖好像恢復知覺了……）

她朝虎太朗瞄了一眼，後者像是剛洗完澡，正用毛巾粗魯地擦著頭髮。

雖然嘴唇還有些發白，但四肢總算是不再僵硬了。

「剛才那些學長是園藝社的社員？」

「對啊～」

「是你拜託他們跑一趟的嗎？」

「對啊～因為高見澤說『只有榎本同學一個人，感覺太不可靠了』這樣。」

虎太朗再次提到亞里紗的名字。

他們何時變得這麼要好了？話說回來，聽說他們倆曾一起外出跑腿過。或許是在那時熟稔起來的吧。

（……不過，怎樣都無所謂啦。）

比起這個，雛有另一件更想知道的事。

「我問你喔……你覺得那些學長為什麼會知道我的名字啊？」

「呃？啊～這是因為……」

虎太朗突然支吾其詞起來，然後閉上嘴默默擦頭髮。

雛對他投以「我可不會讓你含糊帶過喔」的犀利眼神。

沉默的攻防戰維持了片刻之後，虎太朗像是認輸似的開口了。

「是聽那傢伙說的啦。」

「……戀雪學長說的？」

「他說有個學妹一直在聲援園藝社。是個在田徑社練跨欄賽跑的女孩子。」

雛瞬間屏息。

說會從旁聲援的人，確實是自己沒錯。

不過，她沒想到戀雪甚至把這件事告訴了身邊的其他人。

（……我的話語……確實傳達給他了呢……）

正當雛因感動而不禁目泛淚光的時候，走廊上傳來腳步聲和嘈雜的交談聲。

應該是剛才那幾名高二生吧。

片刻後，保健室大門被人打開。一如所料，三人頂著濕漉漉的頭髮陸續踏進來。

「學長們辛苦了！」

不愧是受過運動社團訓練禮節的人，虎太朗鞠躬的姿勢相當標準。

看到雛連忙跟著從沙發上起身的反應，學長笑著揮手制止她。

（我記得虎太朗剛才稱呼他七瀨學長……？）

就算聽到對方的姓氏，雛仍然想不起來他是誰。不過，她確實記得那張臉。

「辛苦啦～多虧你們倆，我們順利解決了花圃的危機喔。」

「太……太好了～」

看到雛全身癱軟地坐下來，七瀨臉上的笑意更深了。

「看來妳真的很喜歡……」

「呃？」

這句完全出乎意料的發言，讓雛不禁再次起身。

（為……為什麼連這個人都知道我喜歡戀雪學長……？）

腦袋變得一片空白的她，無法做出肯定或否定的回應。結果七瀨看似不解地「嗯？」了一聲。

「咦，不對嗎？聽說妳一直聲援著園藝社，所以我以為……」

以為雛「很喜歡花」──他是這個意思嗎？

發現自己誤會的雛感到萬分難為情，於是用毛巾掩著臉點了點頭。

「……是……是的。我很喜歡花。」

聽到她的回答，三名學長同時嘆了口氣。

難道自己說了什麼奇怪的發言嗎？

雛不安地窺探著三人的臉色，結果學長們七嘴八舌地道出讓她意外的發言。

「既然這麼喜歡花，加入園藝社就好了嘛～」

「不行啦，要同時兼顧田徑社，一定會相當吃力。」

「諸如雙方社團的時間分配這類問題，之後可以再商量啊。一定有辦法調整啦！再說，有綾瀨學長背書的話，入社考試也能直接算她合格吧。」

「……你說背書……嗎？」

雖然是在討論和自己相關的事，但雛卻沒有半點概念，因此忍不住這麼插嘴問道。

結果七瀨像是再也按捺不住似的笑了出來。

「可別告訴綾瀨學長喔。其實啊——」

「有個女孩子總是很關心我們園藝社呢。雖然她隸屬於田徑社就是了。」

「是哪一個啊？」

「在那裡。那個笑容讓人聯想到金光菊的女孩子。」

據說，這三人剛入社的時候，戀雪曾這麼對他們說過。

另外兩人也「嗯嗯嗯」地連聲附和，臉上還不禁浮現微笑。

雛壓抑著羞怯的心情，再次道出那種花的名字。

「請問，金光菊是什麼樣的花呢？」

「妳說金光菊嗎？就是剛才被妳救回來的那些小黃花喔。聽說是綾瀨學長很喜歡的花吶。」

太狡猾了。太卑鄙了。太過分了。

雛巴不得現在立刻衝到戀雪身邊，然後揪住他的肩頭猛力搖晃。

你喜歡的人明明是夏樹。你明明連我的告白都沒有接受。

（為什麼……還要說出這麼令人開心的話呢……？）

雛無語地低下頭來。這樣的反應不知讓七瀨作何感想，他接著緩緩開口表示：

「……我啊，是環境美化委員長喔。」

「啊！」

看到雛帶著恍然大悟的表情猛然抬頭，他揚起嘴角問道：

「妳是不是覺得在哪裡看過我？」

「你之前曾經在九月的選舉大會上發表過演講吧？」

「沒錯沒錯。其實啊，環境美化委員的工作，基本上就是在學校辦活動時負責打掃清潔而已。另外就是每個月打掃學校周邊一次，還有照顧花圃。可是……」

至此，七瀨突然頓了頓。

雛和虎太朗不自覺地喃喃重複了「照顧花圃」這段話。

沒錯。他們怎麼都沒發現呢？

不只是園藝社，環境美化委員會應該也必須負責整理花圃才對。

七瀨像是聽見了雛和虎太朗的心聲似的聳聳肩表示：

「可是啊，先不論學校辦活動的時候，每個月一次的清掃工作，大家的出席率總是很微妙呢。光是清掃學校周邊的垃圾，常常就讓我們忙得分身乏術，結果只能把照顧花圃的工作完全丟給園藝社了。」

「怎麼這樣……」

發現自己不慎做出帶有指責意味的發言，雛連忙伸手掩住嘴巴。

不過，七瀨並沒有因此動怒，反而露出坦率的表情喃喃表示「我們很差勁吧」。

「打從高一的時候，我就覺得這個社團真的很厲害呢。諸如擺在教職員辦公室前面的花瓶，還有學校裡的所有花圃，都是只有少數成員的園藝社在管理、照顧。而且，到了今年，社員竟然只剩下一個……」

身為委員長的七瀨像是在忍耐痛楚般皺起眉頭。

而默默佇立在他身後的兩名學長，也帶著幾分尷尬的表情望向地面。

隨後，七瀨緩緩吐出一口氣，以沙啞的嗓音繼續說道：

「在這種情況下，我以為他大概會跑來向環境美化委員會求助吧。雖然這原本就是我們該負責的工作，但說實話，總覺得很麻煩呢。好像只有我這一屆抽到下下籤的感覺。」

「……可是，戀雪學長他……」

「嗯。綾瀨學長什麼都沒有說，一直默默照料著那些花草。」

所以，雖然拖到現在，但他們還是選擇加入園藝社。

向兩人道出原委之後，黯淡的神情從七瀨臉上褪去，他的雙眼也跟著散發出強烈的光芒。

（什麼嘛，果然是這樣啊。戀雪學長原本還說「或許是我招募社員的方式太不得要領，讓他們看不下去了吧」，但他的努力其實都有傳達出去呢。）

窗外依舊颳著強勁的風，雨勢也完全沒有停歇的跡象。

不過，到了明天，外頭必定會出現一片藍天。

雛有這樣的預感。

＊＊　＊＊

一如雛的預料，到了隔天，以及文化祭當天，都是完全符合「秋高氣爽」這種形容的大晴天。

因為之前的強風捲走了空氣中的塵埃，天空看起來晴朗又澄澈。

經過服務處的帳棚時，雛聽到老師們笑著談論「好久沒有遇上天氣這麼好的文化祭了」。

到了用餐休息時間，雛一個箭步衝向園藝社的活動區塊。

站在報名服務處的七瀨看到她，笑著說道「喔喔，我正在等妳呢」。

count 5
～倒數5～

「你們一個接一個來耶。」

「除了我以外，還有人來報名入社考試嗎？」

「嗯，榎本學弟報名了。」

原本想回以「那真是太好了」的雛，心臟卻為對方道出來的名字重重抽動了一下。

其實，她曾經暗自這麼期待過。

然而，對忙著爭取足球社先發球員資格的他提出這種要求，恐怕是強人所難。

雛以相當不自然的動作，半信半疑地轉頭望向七瀨所指的地方。

不知為何，虎太朗雙手抱胸站在大門前方，還露出一臉得意的表情。

「虎太朗……」

「只有妳的話，感覺讓人很不放心啊。」

你根本已經篤定自己會通過考試了嘛。

雛原本想這樣岔開話題，但卻發不出半點聲音。

因為虎太朗不經意說過的那句話，此刻再次於她的腦海中浮現。

「也就是說，只要再多兩個人加入，園藝社明年就能繼續留下來嘍。」

虎太朗真正的想法，就連雛也無從得知。

但現在，她明白他是真心為了讓園藝社續存而入社。

「……真拿你沒辦法耶。只好由我來負責照顧你嘍。」

「啥？是我得照顧妳才對吧。」

「你們倆的感情真的很好耶。」

「「我們只是孽緣而已……！」」

發現自己和虎太朗異口同聲地這麼表示，雛不禁以雙手抱頭。

因為七瀨爆笑出聲，結果連在教室裡等待的另兩名學長，都跟著跑出來一探究竟。

（……戀雪學長不在啊。）

count 5
～倒數5～

雛邁出去的腳步停格了一秒鐘。
隨後，她和虎太朗一同踏入教室。

筆試內容基本上都是園藝相關的基本知識。
而且，題目還清一色是諸如「下列何者是挑選出健康幼苗的方法？」或「適合替植物進行移植作業的季節是春季還是秋季？」這樣的選擇題。
有事先準備過的雛，接二連三地圈選出正確答案。

不過，試卷上出現了唯一一道必須手寫作答的題目。
雛帶著緊張的心情往下看——那是一張黃色花卉的照片，以及「請問這種花的名稱是？」的問題。而且，這題的配分還占了十分之多。
雛露出微笑，以自動筆在紙上奮筆疾書。

坐在隔壁座位的虎太朗，同樣未曾停筆過。
因為不是畫答案卡的考試方式，所以無法胡亂猜測答案。

這正是他為了今天確實準備過的證據。

感覺淚腺似乎有所反應之後，雛連忙搖了搖頭。

要哭，就等到通過考試再哭吧。

等到那時候，她覺得自己想必就能對虎太朗說出口了。

對他說總是因為自己錯過時機，而沒能開口表達的那句「謝謝你」。

count 5

～倒數5～

雛

希望永遠都開心笑著的傢伙。

瀨戶口雛

獅子座A型。

住在隔壁，有戀兄情結。

喜歡打電動。開朗積極到像個傻瓜。

但遇到那傢伙的事情，就經常掉眼淚。

我不會再讓她哭泣了！

count 6 ~倒數6~

...(>ω<;) ...(>ω<;) ...(>ω<;)

Hina Setoguchi

count 6 ～倒數6～

文化祭順利結束後，原本被亢奮情緒籠罩的校內，終於逐漸恢復成往常的狀態。

身為準考生的戀雪，再次專心投入上午的授課內容。不過，因為園藝社還剩下堆積如山的交接作業未完成，所以，他每週會有一天在放學後先行返家，然後再回到學校來處理相關事務。

尤其是在準備文化祭的期間來襲的那場暴風雨，讓校園裡的花圃受到重創，因此只能再次從幼苗開始栽培。

「咦！意思是說，原本有打算進行花圃的改裝（？）嗎？」

接下社長一職的高二生七瀨步，此刻停下批改入社考的試卷的動作，以相當驚訝的語氣問道。

戀雪點頭表示「是的」，並向七瀨說明之前沒機會告訴他的事情經過。

「其實，在夏天過去之後，似乎開始有流浪貓住在學校裡頭。校長某天湊巧發現了流浪貓的蹤影，就打算捉住牠。結果……」

「啊，我大概猜得到接下來的發展。也就是說……」

「是的……校長跟流浪貓奮戰的時候，不小心波及到花圃……」

「嗚……嗚哇啊啊……」

七瀨露出僵硬的表情，負責整理庫存品的陶山和小野則是無言地仰頭望向天花板。

在暴風雨那天遭到無情摧殘的花圃的慘狀，此刻想必再次浮現於他們的腦海之中吧。

「不過，聽了學長說明的前因後果，總覺得能夠理解了。」

最先振作起來的陶山聳聳肩，小野也以「沒錯沒錯」附和。

「我就覺得納悶呢。雖說有暴風雨來襲，花圃應該也不至於這麼輕易被破壞才對啊。這樣的話，颱風來的時候不就完蛋了嗎？」

「是說，要是校長也能多為我們著想一下就好了。」

「哎呀，那把年紀都已經快退休了吧？他算是很努力嘍。」

聽著學弟們的交談內容，戀雪臉上不禁浮現笑意。

這個社團教室真的許久不曾出現自己以外的聲音了。

「綾瀨學長？你怎麼了嗎？」

「……沒什麼。對了，七瀨學弟，你的考卷改完了嗎？」

「啊，是的。有兩個人合格。」

七瀨捧著答案卷起身。

戀雪帶著緊張的心情，接下他遞過來的那疊試卷，然後低頭望向最上面的一張。

第一張紙是參加筆試和面試的所有學生的名單。總計約十來個姓名的旁邊，註記著「合格」和「不合格」的結果。

發現出現在其中的熟悉名字之後，戀雪的視線完全被吸引住。

榎本虎太朗　合格
瀨戶口雛　　合格

「咦……咦咦！榎本學弟和瀨戶口學妹也……？」
「咦，你沒聽說嗎？他們或許是刻意隱瞞，想藉此給你一個驚喜吧。」
「……原來你知道啊，七瀨學弟。」
感覺好像只有自己被排除在外，讓戀雪不禁以帶著責備的語氣開口。
不過，七瀨本人卻仍是一臉毫不在意的笑容。
從陶山和小野的視線雙雙在半空中游移的反應看來，這兩人或許也是共犯吧。
「能夠招募到真心喜愛花草的成員，真的是太好了。」
「……就是說啊。」
戀雪回應七瀨的嗓音微微顫抖著。
他連忙將視線拉回紙本上，以指尖輕撫過那兩人並排在名單上的姓名。

雛和虎太朗都已經是加入運動社團的身分。
跨社團活動想必會相當吃力，而且一定多少會為高二生造成負擔。
而這些高二生，明年也即將升上高三。
（更何況，七瀨學弟還有環境美化委員長的工作要做……）

令人擔心之處可說是不勝枚舉。
然而，戀雪能夠胸有成竹地保證「這五個人絕對沒問題」。
在那場暴風雨中挺身保護花圃的這五個人，一定不會有問題。

「那麼，我們去迎接新社員吧。」
「嗯，大家一起去迎接他們吧。」

大家一起去。
自己終於能道出這種台詞的事實，讓戀雪的心中充斥著感動。

距離畢業還剩下一小段時間。

他在心中暗暗發誓，絕對要珍惜這個好不容易得到的、自己的歸屬之處。

＊＊　＊＊

邁入新的一年之後，時光更是在轉眼間不斷飛逝。

大學入學考早已結束，在收到錄取通知之前的那段記憶，現在變得曖昧不已。

前幾天，戀雪也聽說了其他同學們將來的出路。

夏樹決定前往專科學校學習繪畫，燈里和美櫻則分別選擇了不同的美術大學。

蒼太透過推薦入學的管道，錄取了某大學的文學系，和戀雪同樣屬於一般考生的優，也順利考取了第一志願的經濟學系。

至於春輝，聽說則是預計前往美國留學。

從教職員辦公室的傳聞，以及偶爾傳入耳中的蒼太和優的對話聽來，這次的留學機會，似乎是他以個人名義在電影大賽中獲獎的獎勵之一。

儘管這是個重大到令人訝異不已的決定，但確實很像春輝會選擇的未來。

（大家都要各奔東西了呢……）

雖然自己也會在四月時晉升成大學生，但老實說，戀雪還是覺得很沒有真實感。

話雖這麼說，但時間絕不會因此停下來。

彷彿被留在原地的戀雪，終於還是在這天早上迎接了畢業典禮的到來。

這是個晴朗而宜人的早晨。

或許因為前陣子一直都是陰天，所以更讓人覺得今天的天氣舒適不已吧。

「我真的要畢業了呢……」

戀雪凝視著校門口寫著「畢業典禮」四個大字的直立式看板，不禁這麼自言自語起

count 6
～倒數6～

來。

今早，他在鬧鐘響起之前便醒了過來，所以學校裡頭還看不到其他學生的身影。

每當春風輕輕吹撫，剛結出花苞的櫻花樹樹枝便隨風搖曳。

戀雪沒有到室內放下書包，而是直接走向位於中庭的花圃。

這三年以來，發生了許許多多的事情，而這是唯一能讓他留下成果的東西。

像優等人那樣拍電影，或是像夏樹她們那樣作畫——如果能透過這類方式留下實體作品，就算畢業了，一定也能讓學弟妹或老師回憶起自己。

然而，換成每天都在變化的花圃，就顯得比較困難了。

（在這三年之間，我是否有留在誰的回憶之中呢……？）

閉上雙眼之後，第一次聽到她以「戀雪同學」稱呼自己的瞬間，便再次於腦海中浮現。

夏樹是個宛如盛夏豔陽般的存在。

在被她發現、被她呼喚名字之前，戀雪一直都是孤獨一人。

總是被其他人喚作「小雪」，然後被嘲笑「名字像個女孩子」。

沒有半點存在感，彷彿變成了透明人一般。

過了很久，戀雪才發現自己墜入情網的事實。

能夠一起熱烈討論共通的興趣，讓他十分開心。同時，戀雪也渴望夏樹能再多對他笑一些。但面對這些反應，當時的戀雪覺得自己只是「自認為喜歡上夏樹」而已。

儘管現在回想起來會覺得實在很傻，但他當初是真心這麼想的。

然而，真正的心情不斷逼近，讓戀雪變得無處可逃。

在不得不承認自己喜歡夏樹的那個瞬間，他隨即跟著失戀。

因為優早已進駐了夏樹的心中。

站在旁觀者的立場，這兩人可說是相當登對。

只要其中一人向另一人告白，他們應該馬上能發展成男女朋友的關係。

戀雪很清楚自己完全沒有出場的機會。

儘管如此——

他卻有了「無論如何，還是想將自己的心意傳達出去」的想法。

所以，即使很清楚自己的成功率是零，他還是主動向優宣戰。

在高三那年的暑假前，他剪去過長的瀏海，將眼鏡換成隱形眼鏡，企圖先從改變外表下手。

他變得會主動向他人打招呼，也再次開始招募社員的活動。

不過，就算這麼做，也完全沒有傳達出去。

雖然鼓起一切勇氣向夏樹提出約會的邀請，但到頭來，自己都只是從旁聲援她的戀情而已。

他不想讓夏樹露出煎熬的表情。

他希望夏樹能永遠保持笑容。

就算那是為了他人而展露的微笑也無所謂。

最後，「那天」終於到來了。

把東西遺忘在教室而折返回來的戀雪，聽到裡頭傳來夏樹和優的對話聲。

儘管隔著一扇大門，戀雪依舊能感受到兩人之間緊繃的空氣，讓他不禁跟著屏息。

這是偷聽的行為。

準備轉身離去的瞬間，夏樹的聲音傳來。

「我所謂的告白預演都是假的！我真的很喜歡優，喜歡到不行！」

至於優的回應，想必用不著再聽下去了。

戀雪拖拉著不斷顫抖的雙腿離開教室外頭。

回過神來的時候，他已經踏上頂樓，並聲嘶力竭地吶喊著。

綻放在心中的花朵，在來不及讓對方目睹之前便枯萎凋零。

儘管如此，這仍是戀雪自己的選擇。

他竭盡力氣祝福她和她喜歡的人，然後讓自己的戀情在單相思的狀態下落幕。

（我原本以為自己高中三年的生活，也會就此劃下休止符呢……）

在升上高中不久時，硬是被說服加入的社團，不知不覺中卻成了戀雪的心靈支柱。

園藝社是個三百六十五天都必須勤奮地進行活動的社團。

很不起眼、相當耗費體力，也不會有什麼顯著的回報。但戀雪認為這樣的性質再適合自己不過。

不過，有人將他默默耕耘的背影看在眼底。

因為戀雪的視線永遠追尋著夏樹一個人，所以沒能及早發現。

七瀨和雛明明都一直從旁看著他。

「因為你一直都是自己努力過來的啊。我認為那些高二的學長一定是看到戀雪學長努力的樣子，才會加入社團。」

對戀雪而言，雛當時說的這句話，不知道是多麼大的救贖。

可是，他卻在未能好好向她道謝的情況下，在這天迎接畢業典禮的到來。

（我這種沒出息的地方，還真是一點都沒變呢～）

「你好慢喔，虎太朗～！就不能再跑快一點嗎？」

「別強人所難啦。雖然看起來好像沒什麼，但這捆水管其實重得要命耶！」

聽到來自後方的人聲，戀雪像是觸電般地回頭望去。

捧著一捆水管的虎太朗，搖搖晃晃地跟在輕快奔跑的雛的身後。

（是嗎……原來今天是他們倆負責澆水啊。）

戀雪原本想出聲向他們打招呼，但又覺得晚點再說或許比較好。

踏出打算朝教室前進的步伐時，兩人的聲音傳入耳裡。

「啊～！戀雪學長！」

count 6
～倒數6～

「啥？他哪有可能這麼早就……是……是真的耶～」

聽到雛和虎太朗彷彿搞笑短劇般的發言，戀雪忍不住噴笑出來。

雛奮力朝戀雪揮手，並向他這麼表示：

「學長，你應該有時間吧？有吧！我有個想讓你看看的東西喲。」

「然後，能順便幫我們一起澆水嗎？」

「虎太朗，你在說什麼啊！」

「……噗……啊哈哈！你們真的還是老樣子呢。」

戀雪再也按捺不住地笑出聲來。

雛和虎太朗互看了一眼，接著開始用手肘攻擊對方。

就連這種時候，他們都默契十足。

雛表示想讓戀雪看的，是位於學校操場一角的花圃。

這個區塊主要由高一的社員負責，於是，兩人便在此種下自己喜歡的種子或球根。

（對了，結果我還是不知道雛和虎太朗到底種了什麼呢。）

印象中，之前詢問的時候，他們只表示「等到開花就知道嘍」，因此戀雪也只好露出笑容回應。

畢竟，他不知道花開的時候，自己是否還留在櫻丘高中，更何況，在下個春天到來時，自己就會從高中畢業這點，戀雪再清楚不過。

（真討厭呢，事到如今才覺得落寞……）

抵達花圃前方時，雛和虎太朗突然朝戀雪深深一鞠躬。

因這種突兀的行為而感到錯愕的他，聽到兩人齊聲對自己說道：

「「學長，恭喜你畢業。」」

花圃裡頭盛開著五顏六色的鬱金香。

紅色、白色、黃色、紫色、藍色、粉紅色和橘色，甚至還有斑紋花樣的。

花朵們呈現出完美的漸層色排列，讓人感受到那份想讓賞花者充分享受視覺饗宴的用心。

「明年的文化祭，請你一定要回來玩喔。」

虎太朗平淡的嗓音，像是企圖打斷戀雪的思考般傳來。

他忍不住愣愣地盯著前者看，而雛也是。

察覺到兩人投射過來的視線之後，虎太朗漲紅著臉怒吼：

「人手愈多愈好不是嗎！只是這樣啦，就只是這樣！」

「嗯嗯，說得沒錯。就算畢業了，也希望戀雪學長能回來露個臉嘛。」

「啥？妳為什麼會把我的話解讀成這樣啊？」

「哎呀呀，虎太朗真的很不坦率呢～」

聽著令人舒坦的對話，戀雪有種胸口緩緩湧現一股熱潮的感覺。

偶爾，他會質疑自己高中三年的生活到底算什麼。不過——

（原來是這麼有意義的一段時光啊。）

結束，同時也意味著全新的開始。

就像球根在土壤裡頭度過寒冬，然後在春天綻放出花朵那樣。

總有一天，戀雪或許會再次墜入情網。

白色鬱金香的花語是「失去的愛、失戀」。

不曉得他們倆知不知道這件事？

雖然有點想問看看，但戀雪最後還是緩緩搖了搖頭。

因為他想起了這種花蘊含的另一個意思。

（全新的愛——嗯，這樣的花語感覺更貼切呢……）

經過春季、夏季、秋季，然後再次邁向冬季。四季會不斷地輪迴下去。

戀雪等人便是生活在如此美麗的世界之中。

抬頭一望，萬里無雲的晴空無邊無際地伸展開來。

戀雪感受著即將踏上嶄新旅程的心情，然後朝可靠的學弟妹露出笑容。

epilogue ～終曲～

某個假日的午後，搬出老家的姊姊打了通電話過來。

難得回老家一趟的虎太朗接起電話後，另一頭的夏樹便開始發出「找不到！找不到呀！」的哭喊聲。

「啥？妳把賓客名單弄丟了？」

『我猜應該是忘在老家的某個地方了……』

「如果不是這樣，就傷腦筋了吧。那可是大家重要的個資耶！……啊！」

發現目標不在列為優先搜索範圍的客廳裡頭，接著轉而踏入廚房的瞬間。

虎太朗在餐桌上看見疑似名單的紙張，於是連忙衝向桌旁。

「找到了，是這個吧！」

『有找到嗎？太……太好了～』

「嗯～就放在報紙堆上面。」

『謝謝！我現在回去拿喔。』

語畢，夏樹便掛上電話。

在通話結束之前，話筒另一頭還傳來了急促的腳步聲，所以她應該馬上會趕回來吧。

「受不了，她還是老樣子耶～」

雖然虎太朗也算是個冒失鬼，但他覺得自己還不如夏樹來得誇張。

至少，未來換自己舉辦婚禮時，他應該不至於弄丟賓客名單。

「真的多虧有可靠的優在呢……哇，好痛！」

或許是因為他一直忿忿不平地說夏樹壞話，所以遭到天譴了吧。

打算把名單放回桌上的時候，手指卻被紙張的邊緣劃出一道傷口。

「糟糕！名單沒弄髒吧？」

原本只是想確認名單是否沾到血漬的虎太朗，這時瞥見了一個熟悉的名字。

綾瀨戀雪。

國中和高中時都跟自己同校的學長。

不過，因為戀雪跟夏樹同年，所以虎太朗和他同校的時期，其實也只有六年中的兩年而已。

（果然有邀請他啊。嗯，這倒也是啦。）

無論對夏樹，或是對身為新郎的優來說，戀雪都是跟自己同校了六年的同學。

而且，他跟夏樹還有著漫畫這項共通的興趣。虎太朗還記得，在高中的時候，戀雪和夏樹經常向彼此借閱漫畫。

（可是，優就……綾瀨學長本人會不會也有尷尬的感覺啊？）

戀雪昔日曾喜歡過夏樹。

雖然虎太朗沒有直接詢問過本人，但這麼判斷恐怕不會有錯。

在他記憶中的戀雪，總是對夏樹投以彷彿望著盛夏陽光的憧憬視線。

（……對喔，那兩件事發生的時間點，好像剛好重疊了。）

夏樹和優有情人終成眷屬的日子，和「那一天」十分接近。

從戀雪的態度來判斷，甚至有可能是在同一天發生的。

那一天，戀雪沒有認真看待雛的告白。

不僅如此，面對向自己表達好感的女孩子，他竟然還回以「妳不用這樣安慰我也沒關係」這種話。

湊巧目擊到現場的虎太朗，隨即一個箭步朝戀雪追過去。

他揪起後者的衣領，帶著滿腔怒意大吼。

「你竟然對雛……！」

「咦？」

戀雪不是在裝蒜，而是打從內心愣住了。

早一步離開了校舍玄關的他，沒能察覺到雛哭出來的事實。
明白了這一點的虎太朗，壓抑著心中的怒火放開手。
「你連真心話和玩笑話都分不出來嗎？」
「我不太懂你的意思，不過……你喜歡瀨戶口學妹嗎？」
一語中的。
總覺得很不甘心又難為情，讓虎太朗忍不住移開視線。
這時候，戀雪再次緩緩踏出腳步。
在虎太朗煩惱是否該追上前的時候，他毫無預警地轉過頭來。
「希望你不要讓自己留下遺憾。」
至今，虎太朗仍忘不了那時戀雪臉上的表情。

他落寞地瞇起紅腫的雙眼，對虎太朗投以筆直的視線。

（就是在那一刻，我認為那傢伙八成也發生過「什麼」。）

在關鍵性的「什麼」發生後，戀雪決定接受既成的結局。

至少，看在虎太朗的眼裡是這樣。

（就算這樣，我也無法原諒他對雛做出的行為。不過……）

虎太朗也明白，身為當事人的雛，已經隨著時間流逝，跨越了那段令人心碎的過往。

在那之後，又過了好一段時間，虎太朗也已經邁入成年。

同時親身體會到想要「不留下遺憾」，是一件多麼不容易的事情。

「……不知道那傢伙會帶著什麼樣的表情來參加結婚典禮呢。」

這麼喃喃唸道之後，虎太朗露出了和他本性不符的苦笑。

無須擔心，戀雪也必定會帶著滿面笑容出現在婚宴會場。

因為，在畢業典禮那天早上，看到白色鬱金香的他笑了。

epilogue
～終曲～

現在，是否有其他人進駐了戀雪的內心呢？
而雛的內心，現在是否仍舊讓戀雪占據著一席之地？
說不在意是騙人的。然而，虎太朗認為就算不知道也無所謂。
（畢竟，不管發生什麼事，我喜歡雛這點還是不會改變嘛～！）

距離夏樹和優的結婚典禮，還剩下三個月多的時間。
在婚宴會場上，就試著對她做出睽違二十餘年的告白吧。

「讓雛展露笑容是我的工作啊！」

像是準備挑戰一對一的足球賽那樣，虎太朗露出潔白的牙齒燦笑。
從以前，他不肯輕易放棄的個性，便是大家拍胸脯保證的事實。
他會一直一直跑下去，直到她轉過頭來望向自己為止。

The end

HoneyWorks
成員留言板！

Gom

非常感謝將現在喜歡上你
小說化的企畫。

shito

・・・(>ω<;) ・・・(>ω<;) ・・・(>ω<;) ・・・(>ω<;)

ヤマコ

感謝將《現在喜歡上你》小說化的企畫！

大家懷抱著各自的情感煩惱的模樣，或許令人有些不捨，
但拚命努力的表現真的很耀眼呢。
努力和苦惱的時間一定會引導他們繼續往前……
真希望如此努力的這三個人都能獲得幸福～!!

ヤマコ

《現在喜歡上你》是我在加入Haniwa之後
第一次錄製鋼琴伴奏的歌曲，是我很喜歡的曲子！
請各位在閱讀小說時也聽聽看原曲喔!!
小說化Happy——☆

cake

cake

支援成員

ろこる

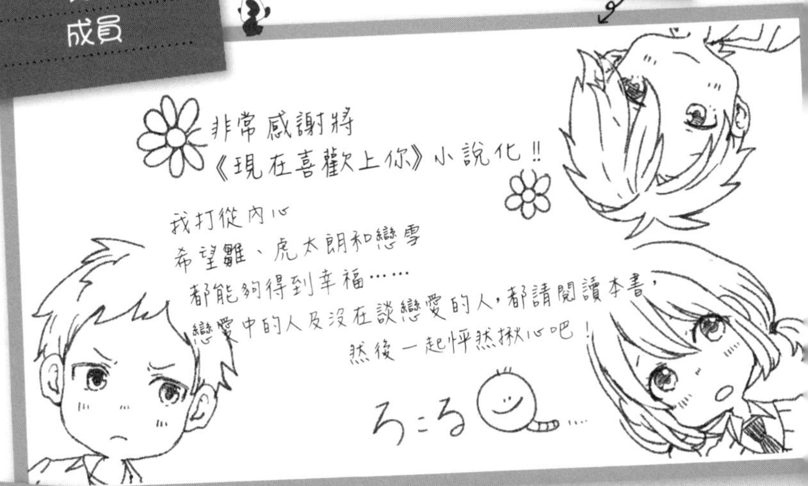

非常感謝將
《現在喜歡上你》小說化!!
我打從內心
希望雛、虎太朗和戀雪
都能夠得到幸福……
戀愛中的人及沒在談戀愛的人，都請閱讀本書，
然後一起怦然揪心吧！
ろこる

賀!!
《現在喜歡上你》
小說化♡
虎太朗實在太帥了…
我也好想要這種青梅竹馬！
能有這麼喜歡自己的青梅竹馬
在身旁，雛真的很幸福呢！
モゲラッタ

モゲラッタ

Oji

我承認，
我現在喜歡上你。
Oji

我剛剛喜歡上你。
AtsuyuK!

AtsuyuK!

Who's next?

國家圖書館出版品預行編目資料

告白預演系列. 4, 現在喜歡上你 / HoneyWorks原案 ; 藤谷燈子作 ; 咖比獸譯. -- 初版. -- 臺北市 : 臺灣角川, 2016.03
面 ; 公分. -- (Kadokawa fantastic novels)
譯自 : 告白予行練習. 4, 今好きになる。
ISBN 978-986-473-002-5(平裝)

861.57 105001425

Kadokawa
Fantastic
Novels

告白預演系列4

現在喜歡上你

（原著名：告白予行練習4 今好きになる。）

2016年3月24日 初版第1刷發行
2023年11月21日 初版第4刷發行

原　　案：HoneyWorks
作　　者：藤谷燈子
插　　畫：ヤマコ
譯　　者：咖比獸

發 行 人：岩崎剛人
總 編 輯：蔡佩芬
編　　輯：黃怡珮
美術設計：宋芳茹
印　　務：李明修（主任）、張加恩（主任）、張凱棋

發 行 所：台灣角川股份有限公司
地　　址：104台北市中山區松江路223號3樓
電　　話：（02）2515-3000
傳　　真：（02）2515-0033
網　　址：www.kadokawa.com.tw
劃撥帳戶：台灣角川股份有限公司
劃撥帳號：19487412
法律顧問：有澤法律事務所
製　　版：尚騰印刷事業有限公司
ＩＳＢＮ：978-986-473-002-5